Arena-Taschenbuch
Band 51212

Gabriella Engelmann
Die gebürtige Münchnerin entdeckte in Hamburg ihre
Freude am Schreiben. Nach Tätigkeiten als Buchhändlerin,
Lektorin und Verlagsleiterin genießt sie die Freiheit des
Daseins als Autorin von Romanen, Kinder- und Jugendbüchern.

www.gabriella-engelmann.de

Gabriella Engelmann

Sturmgeflüster

Arena

Ein Verlag in der *westermann* GRUPPE

Dieses Druckprodukt ist mit dem Blauen Engel ausgezeichnet

Quellenhinweis:
Kapitelanfänge ab Kapitel 10 aus: Friedrich de la
Motte Fouqué: *Undine*, Anaconda Verlag, Köln 2012.

1. Auflage im Arena-Taschenbuch 2021
© 2015 Arena Verlag GmbH
Rottendorfer Straße 16, 97074 Würzburg
Alle Rechte vorbehalten
Einbandgestaltung: Frauke Schneider
Umschlagtypografie: Sibylle Bader
Gesamtherstellung: Westermann Druck Zwickau GmbH
ISSN 0518-4002
ISBN 978-3-401-51212-9

Besuche den Arena Verlag im Netz:
www.arena-verlag.de

Personenregister

Kathinka Köster: Genannt Tinka. Schülerin aus Berlin, Leseratte und leider ein wenig kurzsichtig, was sie gelegentlich in schwierige Situationen bringt. Dass es in den Sommerferien nach Sylt gehen soll, passt ihr zunächst überhaupt nicht.

Doch dann kommt alles anders ...

Oma Inken: Die beste Oma der Welt. Bäuerin und Exhebamme aus Leidenschaft. Ihr Kirschkuchen ist eine Wucht und sie kennt jede Menge Sylter Spukgeschichten. Ist immer für ihre Enkelin da. Einziger Nachteil: Sie wohnt weit entfernt von Tinka in Morsum auf Sylt.

Opa Eycke: Bester Opa der Welt. Als ehemaliger Kapitän führt er ab und zu noch Seebestattungen durch und raucht gern Pfeife, wenn seine Frau nicht da ist. Kann super Fahrräder reparieren und fühlt geschickt jedem auf den Zahn, der an seiner Enkelin Interesse zeigt.

Sven: Attraktiver Sonnyboy aus Kampen. Profi-Kiter und Surflehrer. Verdreht Tinka auf der Stelle den Kopf und bringt ungewollt nicht nur ihr Herz zum Kentern. Wird Tinka mit ihm den Sommer ihres Lebens verbringen?

Antonia: Rothaarige Exfreundin von Sven. Fährt ihre scharfen Krallen aus, als Tinka ihr in die Quere kommt. Schon bald ist klar: Notfalls wird sie mit allen Mitteln darum kämpfen, Sven zurückzuerobern.

Piet: Ehemaliger Tischler und Rettungsschwimmer. Bewahrt Tinka immer wieder vor verhängnisvollen Fehlern. Hat ein großes Herz und verkörpert den hawaiischen Aloha-Spirit wie kein anderer. Doch spielt der smarte Typ mit den magischen Händen wirklich mit offenen Karten?

Okke: Besitzer des Twisters, des Restaurants, in dem sich die Inselclique regelmäßig trifft. Ist nach einem Unfall nicht mehr in der Lage, profimäßig zu kiten. Trotzdem immer gut gelaunt und darum besorgt, dass alle genug zu essen haben. Seine Spezialität: Cajun-Burger.

Wienke: Hübsche Modedesign-Studentin und Kellnerin im Twisters. Freundet sich schnell mit Tinka an und bemüht sich, all die Fragen zu beantworten, die der Neuen auf den Nägeln brennen. Verbirgt sich hinter ihren himmelblauen Kulleraugen aber vielleicht doch eine dunkle Seele?

Konstantin: Megaehrgeiziger Kitesurfer, der einen Großteil seiner Zeit auf dem Wasser und bei Wettkämpfen verbringt. Auch nach Wochen auf der Insel weiß Tinka nicht viel mehr über ihn, als dass er mit dem Meer verheiratet zu sein scheint.

Prolog

Nach einer knappen Woche absoluter Flaute, in der sich die Kitesurfer die Zeit mit Kickern oder im Whirlpool vertrieben hatten, herrschte an diesem Tag zur Abwechslung Sturm. Und zwar einer, der so heftig zuschlug, dass sowohl der sechsköpfigen Jury als auch den Besuchern des Kitesurf World Cups in St. Peter-Ording mulmig zumute war.

Fröstelnd standen die rund zwanzigtausend Zuschauer am Nordseestrand und versuchten, sich mit Sonnenbrillen und Tüchern vor dem herumwirbelnden Sand zu schützen, der sich wie Nadelstiche in die Haut bohrte.

Vor ihren Augen tanzten die bunten Kites der Surfer, an denen der Sturm ebenfalls zerrte. Einige der Besucher verkrochen sich irgendwann in das Innere der Surferzeltstadt mit ihren Buden, in denen Schmuck, Getränke, Würstchen und Surfutensilien verkauft wurden. Überall flatterten Banner mit den Namen der Sponsoren im Wind und an den Ständen die bunten Häkelmützen in grellen Neonfarben, die gerade hip waren.

»Bist du startklar für den Heat?«, fragte er und blickte ihr tief in die Augen. Diese wenigen Minuten wollte er sich noch gönnen, bevor es losging.

»Was für eine Frage, ich kann es kaum erwarten«, antwortete sie mit einem bedeutungsvollen Lächeln und zog sich die farbigen Stulpen über den Neoprenanzug.

Nur noch fünfzehn Minuten bis zum Auftakt ihrer beider Königsdisziplin Freestyle, einer spektakulären Wettkampfform, bei der die Kiter im K.-o.-System gegeneinander antraten. Dabei ging es darum, die Jury mit rasanten Tricks und Loops zu beeindrucken und sich einen Platz in der Hall of Fame zu sichern.

Oder wenigstens unter den Top Five.

»Gut, dann mal los«, sagte er. Gleich würden sie als Konkurrenten gegeneinander antreten und sich aufs Bitterste bekämpfen. Schließlich ging es um sehr viel.

»Viel Glück, Darling«, flüsterte sie ihm zu und gab ihm einen kurzen, leidenschaftlichen Kuss. »Wir sehen uns heute Abend auf der Party. Ich kann es kaum erwarten, danach wieder mit dir allein zu sein – unter dem Sternenhimmel.«

»Das klingt verführerisch«, antwortete er, wirkte jedoch abwesend. Seine Gedanken kreisten jetzt ausschließlich um den Wettkampf. Ohne ein weiteres Wort verließ er den Gemeinschaftsraum. Die restliche Zeit bis zum Start wollte er niemanden um sich herum haben, sondern sich ganz auf den bevorstehenden Fight konzentrieren.

Ich muss gewinnen, ich muss, murmelte er lautlos vor sich hin und versuchte, sich auf diese Weise mental zu coachen. Alles, aber auch wirklich alles hing vom Ausgang dieses Tages ab: der heiß ersehnte Sponsorvertrag, der Titel, zehntausend Euro Preisgeld, Reisen zu den grandiosesten Kitesurf-Revieren der Welt, die Freiheit, nach der er sich so sehnte.

Seine gesamte Zukunft.

Er hatte alles Menschenmögliche getan, um einen so schweren Wettkampf zu gewinnen. Er hatte wochenlang aufs Härteste trainiert, auf seine Ernährung geachtet und fast nichts anderes getan, als sich auf den World Cup vorzubereiten. An diesem Tag war er früh aufgestanden, hatte nur ein leichtes Frühstück zu sich genommen und später eine Handvoll Nüsse gegessen, um den nötigen Energiekick zu bekommen. Nachdem er sich am Strand mit Gymnastik und Dehnübungen warm gemacht hatte, war er aufs Wasser gegangen, um die Bedingungen zu checken.

Starke Böen blähten sein schwarzes Segeltuch mit dem grünen Drachenkopf, eine extravagante Spezialanfertigung, an der die anderen Kiter und Fans ihn schon von Weitem erkannten.

Nur noch wenige Schritte bis zum Wasser.

Volle Aufmerksamkeit. Hochspannung. Adrenalin pur.

Sieben Minuten hatten die Teilnehmer Zeit, um ihr Können unter Beweis zu stellen. Sieben Minuten, in denen die Rivalen besiegt werden mussten. Ein leichter Ruck an der Lenkstange, dann machte der Drachen einen Satz nach vorn, der Zug nahm zu und wurde immer gewaltiger, bis der heiße Ritt über die grau schäumende Bucht begann.

Jetzt ein Sprung, in Richtung Himmel, fünfzehn Meter hoch. Dann wieder zurück aufs Wasser, rauf und wieder runter. Ein geniales Gefühl, von dem er einfach nicht genug bekommen konnte. Er war wie auf Speed, im Rausch, nicht mehr er selbst.

Oder mehr er selbst, als er es an Land jemals war.

Doch dann überschätzte er sich, verlor bei einem der Sprünge die Kontrolle. Er landete unzählige Meter zu weit draußen, anders als geplant.

Viel zu dicht bei ihr.

Als sich die Leinen seines Kites unglücklich mit ihren verhedderten und das Board mit hoher Geschwindigkeit auf ihres zuraste, blieb ihm nur eine Nanosekunde, um seine Entscheidung zu treffen: Er tat das Naheliegendste und löste die Safety-Leash, um sich zu retten. Doch genau in diesem Moment wurde ihm klar, dass sie nun mit der Zugkraft beider Schirme würde kämpfen müssen, ein schier unlösbarer Kraftakt, zumal bei diesen Windverhältnissen. Und er konnte nichts mehr tun, um etwas daran zu ändern.

Er sah ihren verzweifelten Blick, der ihm beinahe das Herz zerriss. Aber auch eine gewisse Ungläubigkeit darüber, was soeben mit ihnen beiden geschah.

Jury und Zuschauer verfolgten die Situation mit angehaltenem Atem: Dass diese Sportart gefährlich war, ja mitunter lebensgefährlich, war hinlänglich bekannt. Doch keiner von ihnen hatte damit gerechnet, an diesem Tag Zeuge eines schrecklichen Unfalls zu werden. Live mit ansehen zu müssen, wie eine attraktive junge Frau erst unter Wasser gezogen und dann von zwei Kites über den Strand geschleift wurde. Wenige Sekunden später schleuderte sie mit grausamer Wucht gegen die Fensterscheibe des Judge-Towers, in dem die Jury saß.

Mit vor Entsetzen geweiteten Augen verfolgten Juroren, Presse, Sponsoren und Zuschauer, wie das Leben der jungen Favoritin an diesem Tag brutal zerstört wurde ...

1

Echt doof, dass du nicht mitkommst. Ich werde garantiert vor Langweile sterben. Und du bist schuld daran«, maulte ich zum x-ten Mal, seit meine beste Freundin Jule mir kurz vor knapp abgesagt hatte. Eigentlich hatten wir gemeinsam zu meinen Großeltern fahren wollen. Doch irgendwelche Reitturniere, an denen sie unbedingt teilnehmen musste, hatten unsere gemeinsamen Ferienpläne geschreddert und ich guckte jetzt dumm in die Röhre.

»Stell dich nicht so an. Es gibt ja wohl Schlimmeres, als den Sommer auf Sylt zu verbringen«, konterte Jule, ihrerseits genervt von meiner Leier. »Du wirst den ganzen Tag am Strand abhängen, Natursträhnen kriegen, mit denen du wie ein cooles Beach-Babe aussiehst, super Typen kennenlernen und jede Menge Spaß haben.«

»Weil es in diesem verschlafenen Nest ja auch sooooo viele heiße Jungs und jede Menge Clubs gibt, in denen man Leute kennenlernen kann«, sagte ich im gleich lamentierenden Ton, obwohl ich mich selbst allmählich unausstehlich fand. »Morsum ist weder Kampen noch Westerland. Da gibt es nichts außer Kühen, Schafen, Misthaufen und Bauern. Und das Meer musst du auch suchen, das ist nämlich ständig weg.«

Jule grinste. »Oh, ist das Meer auf der Flucht? Ach

komm schon, Süße, du wirst es überleben. Und wenn nicht, kannst du ja immer noch zurück nach Berlin fahren. Zwingt dich ja keiner, die gesamten Sommerferien dort zu verbringen.«

»Nur meine Eltern, die froh sind, dass sie mich mal los sind«, fuhr ich mit meiner Nölerei fort. Keine Ahnung, was heute mit mir los war.

Im Grunde hatte ich einfach nur gechillt mit Jule frühstücken wollen, bevor sie mich zusammen mit Mum zum Bahnhof Südkreuz brachte, von wo aus der ICE nach Hamburg fuhr. In Altona musste ich dann in die NOB umsteigen mit Ziel Westerland auf Sylt. Am späten Nachmittag würden Opa und Oma mich in Morsum abholen. »Und wehe, ihr schafft es, morgen ins Berghain zu kommen, dann kille ich dich«, sagte ich in spielerisch drohendem Ton. Seit unserem sechzehnten Geburtstag träumten Jule und ich nämlich davon, uns an dem gefürchteten Türsteher des angesagtesten Techno-Clubs in Berlin vorbeizumogeln.

»Mann, du bist ja heute echt übelst drauf!« Jule schnappte sich den Rest meines Croissants mit Himbeermarmelade und aß ihn auf. »Wenn du deine miese Laune beibehältst, wird der Urlaub garantiert 'ne Pleite. Freust du dich denn gar nicht auf deine Oma und deinen Opa? Wie lange ist es her, dass du sie zuletzt gesehen hast?«

Ich dachte nach. So vier, fünf Jahre waren es bestimmt, wenn nicht gar länger, weil immer irgendetwas dazwischengekommen war. Was schade war, denn damals hatte ich viel Spaß mit Oma Inken und Opa Eycke gehabt.

»Doch«, antwortete ich und beschloss, mich am Riemen

zu reißen. »Okay, okay, ich habe die Botschaft verstanden. Ich nehme mir fest vor, den Sommer meines Lebens zu haben. Und zwischendurch werde ich dich bedauern, weil du dich auf irgendwelchen Turnieren langweilst, statt mit mir auf Sylt Spaß zu haben.«

»Jaja, streu nur Salz in meine Wunden.« Jule zog spielerisch einen Flunsch. »Wenn ich gewusst hätte, dass das mit dem Reiten so anstrengend werden würde ...«

»... hättest du trotzdem damit begonnen«, vollendete ich ihren hypothetischen Satz, den ich schon zigmal gehört hatte. »Du bist eine Pferdenärrin, wie sie im Buch steht, warst es immer und wirst es immer bleiben.«

»Bist du startklar, Tinka?«, hallte es auf einmal durch mein Zimmer in der Berliner Altbauwohnung mit den dunklen Dielenböden und hohen Stuckdecken. Auftritt Mum.

»Glaub schon«, murrte ich und schaute auf die Uhr. Tatsächlich. Wir mussten schleunigst los, wenn ich den Zug nach Hamburg nicht verpassen wollte. Gut, dass ich schon vor dem Frühstück fertig gepackt hatte.

Keine vierzig Minuten später saß ich im ICE und versuchte, gegen den Kloß anzukämpfen, der sich in meinem Hals bildete, auch wenn ich gar nicht genau wusste, woher der plötzlich kam.

Vielleicht Hormonschwankungen?

Jule schob zurzeit alles darauf, auch wenn ich persönlich bezweifelte, dass schlechte Noten, Stress mit den Eltern und Liebeskummer ausschließlich auf das Konto dieser kleinen Biester im Körper gingen. Das waren nicht nur die Hormone, sondern das Leben.

Eine gefühlte Ewigkeit später fuhr die Nord-Ostsee-Bahn über den Hindenburgdamm, der Sylt mit dem Festland verband. Links grasten Schafe auf dem Deich, rechts spazierten Möwen auf dem Schlicksand des Wattenmeers umher.

Hübscher Anblick, das musste ich zugeben. Ich nahm mein Handy, fotografierte ein paar dieser Postkartenmotive und schickte sie per WhatsApp an Jule. Die antwortete postwendend mit Fotos von ihrer Stute White Beauty, die gerade für den Transport zum nächsten Turnier auf die Rampe des Anhängers geführt wurde.

»Als nächste Station erreichen wir Morsum«, ertönte eine Stimme aus dem Lautsprecher und schon tauchte das Schild auf dem Bahnsteig auf. Unter Morsum stand *Muasem,* der friesische Name für das im Osten von Sylt gelegene Dorf.

»Moin, da bist du ja endlich. Hübsch siehst du aus«, sagte Oma Inken zur Begrüßung und drückte mich dann so heftig an ihre Brust, dass ich kaum Luft bekam. Sie sah genauso aus, wie ich sie in Erinnerung hatte: klein, rundlich, mit von der frischen Luft geröteten Wangen, die mit den blauen Augen kontrastierten, die aus ihrem Gesicht hervorblitzten. Ihre ehemals schwedischblonden Haare waren mittlerweile weiß. Die Sommersprossen auf ihrem Handrücken hatten sich in größere Altersflecken verwandelt. Trotzdem waren ihre Hände für mich noch immer wunderschön.

Opa Eycke grinste sich eins: »Na, na, Inken, lass die Lütte leben«, sagte er frotzelnd und zwinkerte mir zu. »Und sag jetzt bitte nicht, dass unsere Tinka groß geworden ist, denn das weiß sie selbst am besten.« Inken ließ mich los und wischte sich verstohlen eine Träne aus dem Augenwinkel, während Opa mich kurz umarmte und dann meine beiden Koffer nahm. »Wie lange wolltest du noch mal bleiben? Ein Jahr?«, fragte er und entschied sich dann doch dafür, die beiden Gepäckstücke zu rollen, statt zu tragen.

Ich wollte gerade entsetzt *Ein Jahr? Bist du verrückt?* ausrufen, doch ich verkniff es mir. Es fühlte sich gut an, die beiden nach so langer Zeit mal wiederzusehen. Wohlig und heimelig irgendwie. Meine Eltern hatten die beiden zwar öfter zu uns nach Berlin eingeladen, aber auch dabei war leider immer irgendetwas dazwischengekommen: Als Oma Inken noch als Hebamme arbeitete, musste sie zig Kinder auf die Welt bringen oder eine der Milchkühe auf dem Hof war plötzlich erkrankt. Und Opa, der zwar schon lange im Ruhestand war, war angeblich ebenfalls nie abkömmlich, wie er behauptete. Unter anderem führte er ab und zu noch Seebestattungen durch.

»Bist 'n kleines büschen blass um die Nase, hockst wohl zu viel vor dem Computer?«, fragte Oma, während wir den Bahnsteig verließen.

»Die Jugend hängt heutzutage vor Smartphones ab oder vor dem Tablet, aber doch nicht vor dem Computer«, korrigierte Opa sie und rollte einen meiner Koffer ungerührt über etwas, das nach Kuhfladen aussah. Igitt!, dachte ich. Doch ihn schien es nicht weiter zu stören oder er hatte es gar nicht bemerkt, weil er seine Brille nicht aufhatte.

Nachdem wir ungefähr zehn Minuten gegangen waren, erreichten wir den Bauernhof meiner Großeltern am Dorfrand. Diesmal kam er mir nicht ganz so riesig vor wie bei meinem letzten Besuch. Doch für zwei Menschen allein war das Gelände mit den Ställen und dem Haupthaus, dessen Fassade aus rot gebrannten Ziegeln und weißen Sprossenfenstern bestand, groß genug.

Ein Hahn machte Kikeriki, Hühner gackerten aufgeregt und der strenge, erdige Geruch von Kuhmist stieg mir in die Nase. Kein Zweifel: Ich war mitten auf dem Land. Und meilenweit entfernt von den breiten weißen Sandstränden von Kampen, Westerland, Wenningstedt oder Rantum, wo die meisten Touristen ihren Urlaub verbrachten.

»Hereinspaziert, junge Dame«, sagte Opa Eycke und zog schwungvoll die weiße, zweigeteilte Tür auf, die man hier *Klönschnacktür* nannte, wenn ich mich richtig erinnerte. Wenn die Türklingel ging, öffnete man erst einmal nur die obere Hälfte, schaute hinaus und konnte mit dem Besucher über die untere Hälfte hinweg klönen. Praktisch, fand ich, zum Beispiel, wenn man überraschend Besuch von jemandem bekam, den man ganz schnell wieder loswerden wollte.

Ich folgte meinen Großeltern in das Innere des Hauses, in dem es vom Eingangsbereich in den *Pesel*, die Wohnstube, ging. Dort stand ein bulliger hellblauer Kachelofen. Schon als kleines Kind war die Bank, die ihn umgab, mein Lieblingsplatz gewesen, vor allem an kalten Wintertagen war es dort urgemütlich.

»Weißt du noch, wie du hier immer mit deinen Puppen

und Stofftieren gepicknickt hast?«, fragte Oma, die meine Erinnerungen offenbar teilte.

»Aber das ist ja nun schon ein ganzes Weilchen her und unsere Tinka spielt jetzt sicher lieber mit jungen Männern als mit Puppen«, wandte Opa ein.

Ups, jetzt wurde ich doch tatsächlich rot. Wie die armen Sylter Hummer, wenn sie lebendig in den Kochtopf geworfen wurden, um dann von Touristen verspeist zu werden.

»Eycke, lass die Sprüche!« Oma blitzte ihn so streng an, dass ich mir gut vorstellen konnte, warum sie im Dorf allseits Respekt genoss. »Komm, ich zeig dir jetzt dein Zimmer, Lämmchen. Diesmal haben wir dich unterm Dach untergebracht, weil du bestimmt lieber ein bisschen abseits von uns alten Leutchen wohnst, nicht wahr?«

Bevor ich etwas antworten konnte, stand sie auch schon auf dem Absatz der schneeweiß lackierten Treppe, und Opa folgte ihr mitsamt den beiden Koffern.

Er war das, was man einen stattlichen Mann nannte: groß und breitschultrig. Auf seinen grau gewellten Haaren trug er eine dunkelblaue Kapitänsmütze. Die große, leicht gekrümmte Nase war, genau wie die Mütze, sein Markenzeichen.

»Gefällt es dir?«, fragte Oma, nachdem sie die Tür zu dem schnuckeligen Zimmer geöffnet hatte, in dem ich die nächsten knapp sechs Wochen wohnen würde. Unter der Schräge stand ein breites Bett mit Holzrahmen, auf dem eine Quiltdecke mit einem Karomuster in Pink, Türkis und Lila lag. Dazu passende Kopfkissen in unterschiedlichen Größen. Hier hätten Jule und ich locker zusammen Platz gehabt. »Oh ja. Danke für die viele Mühe, die ihr euch gemacht habt. Es ist schön, mal wieder hier zu sein.« Während ich mich noch ein bisschen umschaute, spürte ich plötzlich, dass ich zum Umfallen müde war.

»Na Tinka, kaum siehst du das Bett und schon musst du gähnen, was?«, sagte Opa lachend. »Das ist unsere gute Nordseeluft. Die macht in den ersten Tagen müde ...«

»... und hungrig«, ergänzte Oma. »Deshalb schlage ich vor, dass du erst mal in Ruhe auspackst, und in einer halben Stunde sehen wir uns unten zum Essen. Es gibt Kartoffelsuppe mit Nordseekrabben und als Nachtisch Sylter Rote Grütze mit Vanillesoße. Die magst du doch, nicht wahr?«

Ich nickte, hatte aber große Mühe, die Augen offen zu halten.

Doch ich durfte mich jetzt auf keinen Fall aufs Bett legen, weil ich dann auf der Stelle einschlafen würde, sondern musste erst meine Eltern anrufen, um ihnen zu sagen, dass ich gut angekommen war. Danach wollte ich ein Foto von dem süßen Zimmer mit den cremefarbenen Wänden, weißen Vorhängen und der antiken Schminkkommode machen und an Jule schicken.

Na, bist du jetzt nicht doch ein bisschen neidisch?, schrieb ich ihr. Zur Antwort bekam ich nur ein Selfie, das sie bei einem Picknick im Stall zusammen mit Kay, ihrer neusten Flamme, zeigte. Wieder hatte ich den Verdacht, dass Jule in erster Linie wegen Kay nicht mit nach Sylt gefahren war und nicht so sehr wegen der anstehenden Turniere.

»Jaja, die Hormone ...«, murmelte ich, setzte mich auf die Bettkante und schaute aus dem Fenster. Ob ich in diesem Sommer auch jemanden kennenlernen würde, so wie Jule es prophezeit hatte?

Nach dem Schlamassel mit Ben Anfang des Jahres hätte ich nichts gegen einen Flirt einzuwenden. Mein Selbstbewusstsein war noch immer ganz schön ange-knackst, weil sich Ben nach einigem Hin und Her für eine Klassenkameradin entschieden hatte. Und so war ich bis zu den Sommerferien gezwungen gewesen, mir täglich ihre Love-Show reinzuziehen.

Echt ätzend.

2

Kikerikiiiiiiiiiiiii!

Oh nee, echt jetzt? Was war das denn, bitte schön? Wie
spät war es überhaupt? Als ich auf den Wecker schaute,
traf mich beinahe der Schlag. Es war halb fünf. Morgens, wohlgemerkt. »Halt die Klappe, ich habe Ferien!«,
rief ich, so laut ich konnte, nachdem der Hahn offensichtlich beschlossen hatte, sämtliche Hennen der Insel
herbeizukrähen. Und als wäre dieser Lärm nicht schon
schlimm genug, umkreiste mich auch noch eine Mücke
mit diesem fiesen, süßlichen Gesumme, dessen Unter-
titel lautete: Gleich hab ich dich und saug von deinem
leckeren Blut ... Genervt zog ich mir die Decke über den
Kopf, in der Hoffnung, den durchgeknallten Hahn und
das blöde Mückengesumse ausblenden zu können. Doch
was erwartete ich eigentlich, wenn ich bei gekipptem
Fenster einen gefühlten Meter vom Kuhstall und einem
riesigen Misthaufen entfernt schlief?

Traurig dachte ich daran, dass ich eigentlich zusammen mit meinen Eltern nach Italien hätte fahren sollen.
Doch das Schicksal hatte anders entschieden: Die beiden
steckten in einer Ehekrise und beschlossen, zunächst jeder für sich Urlaub zu machen und danach vielleicht
noch ein, zwei Wochen gemeinsam. Aber jedenfalls ohne mich, als sei ich ein Störfaktor bei ihrem Versuch,

»wieder zueinanderzufinden«. Aus der Traum von der italienischen Riviera. *Finito!* Dabei hatte ich mich seit Monaten so auf diesen Urlaub gefreut. Statt mich ins *dolce vita* zu stürzen, würde ich mich nun mit dem Landleben in Morsum anfreunden müssen, wenn ich mir diesen Sommer nicht komplett verderben wollte.

Nachdem ich mich eine weitere halbe Stunde schlaflos und voller finsterer Gedanken im Bett herumgewälzt hatte, beschloss ich aufzustehen. Vielleicht war Oma ja schon wach und ich konnte ein bisschen mit ihr quatschen und Dampf ablassen. Oder mir ein paar Tipps holen, was ich an einem Samstag auf Sylt unternehmen konnte. Denn eins kam jedenfalls nicht in die Tüte: mit den beiden auf dem Sofa sitzen und fernsehen.

»Moin, Lämmchen, bist du aus dem Bett gepurzelt?«, fragte Oma erstaunt, als ich sie im Kuhstall fand.

Sie umarmte mich herzlich, dann fiel ihr Blick auf meine Plüschpantoffeln mit dem Frosch drauf. Außerdem trug ich immer noch meinen Frotteepyjama. »Willst du nicht lieber die anziehen?«, fragte sie und hielt mir ein Paar Gummistiefel vor die Nase. Das würde also in den kommenden Wochen mein Leben sein: müffelnde Gummistiefel, die zwei Nummern zu groß waren, ein hyperaktiver Hahn und ein stinkender Misthaufen.

Na, herzlichen Dank auch.

»Hast du Lust, Eier für mich sammeln zu gehen?«, fragte Oma als Nächstes, wie um noch einen draufzusetzen. »Das hast du früher so gern gemacht.« Ach so? Hatte ich das?

Ich murmelte: »Wenn du meinst«, und gab meinen

Plan auf, mich bei ihr wegen meiner Eltern auszuheulen. Ich ließ mir einen geflochtenen Weidenkorb geben, dann stapfte ich in den kleineren Stall nebenan, um der Hühnerschar einen Besuch abzustatten, die hektisch pickend auf dem mit Stroh ausgelegten Boden herumwuselte.

Ich muss heute Abend dringend in die Zivilisation, sonst werde ich hier noch irre!, dachte ich, nachdem ich den Hühnern die noch warmen Eier, an denen zum Teil Federn oder anderer Unrat klebte, quasi unterm Hintern weggezogen und in den Korb gelegt hatte. Bäh! Ich hatte das Gefühl, nie, nie wieder ein Ei hinunterzubekommen.

Eine Stunde später, als der Duft von frisch gebratenem Rührei und Tomaten sowie frischen Kräutern aus Omas Garten die Küche durchzog, überlegte ich es mir jedoch kurzfristig anders.

Ich starb nämlich beinahe vor Hunger.

»Was hast du denn für Pläne heute?«, fragte Opa, nachdem er sein Krabbenbrötchen zu Ende gegessen und die aktuelle Ausgabe der Sylter Tageszeitung zur Seite gelegt hatte. »Das Wetter ist großartig. Wenn du magst, kann ich dich nachher nach Westerland mitnehmen. Ich muss da was besorgen.«

Bei der bloßen Erwähnung von Westerland wurde ich schlagartig wach. »Super Idee. Ich packe nur rasch meine Badesachen und dann kann's losgehen.«

»Vergiss aber nicht, dich ordentlich einzucremen, die Sonne ist zurzeit sehr intensiv«, sagte Oma und mir fiel ein, dass ich die Sonnenmilch daheim vergessen hatte. Ich würde nachher in einem der Geschäfte in Westerland eine kaufen, beschloss ich.

Zwei Stunden später hatte Opa mich in der Nähe des Strands abgesetzt und war weitergefahren, nicht ohne mir viel Spaß zu wünschen. Da stand ich nun also, bewaffnet mit einem riesigen Korb voll Sachen, die man für einen gechillten Tag am Meer brauchte. Doch schon bereute ich, so viel Kram eingepackt zu haben, weil ich mich ganz schön damit abschleppen musste. Egal, irgendwie schaffte ich es zur Promenade, wo großes Gewusel herrschte: Alle Strandkörbe waren besetzt, ebenso die Bistrotische der Imbissbuden.

Eine Weile starrte ich unentschlossen auf den Musikpavillon und überlegte: links in Richtung des Hotels Miramar gehen oder doch lieber nach rechts? Rechts schien es einen kleinen Tick weniger rummelig zu sein, also stieg ich die Holztreppe zum Wasser hinunter, bog ab und zog meine Flip-Flops aus. Kaum berührten meine nackten Sohlen den heißen, aber nicht zu heißen Sand, war meine schlechte Laune vom frühen Morgen wie weggewischt. Erst recht, als ich die bunten Schirme, die aussahen wie Drachen, über dem Meer tanzen sah. Cool, Kitesurfer, dachte ich. Ich versuchte, zu der Stelle zu gelangen, wo ich die Surf-Dudes vermutete, aber das war gar nicht so einfach. In dem Moment, als ich glaubte, ganz dicht dran zu sein, waren die Kiter auch schon wieder verschwunden, um sich kurz darauf in atemberaubender Geschwindigkeit vom Wind in die entgegengesetzte Richtung ziehen zu lassen. Irgendwann gab ich auf und beschloss, mir ein möglichst schattiges Plätzchen zu suchen, denn mittlerweile war es trotz des kräftigen Winds ziemlich heiß geworden. Aber so war es eben auf den Nordfriesischen Inseln: Eine gestylte Frisur konnte man hier echt vergessen. Vorsorglich hatte ich meine dunkelblonden Haare an diesem Morgen zu einem Top-Knot geschlungen und mich kaum geschminkt. Meine hellblauen Augen verbarg ich hinter einer Ray-Ban-Pilotenbrille.

Acht Euro pro Tag für einen Strandkorb! Ungläubig starrte ich auf das Schild eines weißen Häuschens neben dem Turm der Strandaufsicht. Wenn ich jeden Tag so viel Geld ausgab, würde ich bald pleite sein.

Kurzerhand beschloss ich, mich einfach so lange hinter einen der Körbe auf meine Strandmatte und das große Handtuch zu legen, bis ich verjagt wurde. Zum Glück war ich schon in Berlin mit Jule im Freibad gewesen, sodass meine Beine leicht vorgebräunt waren und ich nicht fürchten musste, mir gleich einen Sonnenbrand zu holen. Nur auf mein Gesicht hatte ich bislang gut aufgepasst, denn auf Falten konnte ich vorerst verzichten. Ich suchte mir einen Strandkorb aus, der noch verwaist war und in der Nähe des Wassers stand. Nachdem ich mich dort ausgebreitet hatte, zog ich mein gestreiftes T-Shirt-Kleid aus und zupfte den Bikini mit dem Bandeau-Top zurecht. Schließlich kramte ich meinen MP3-Player aus dem Korb und spielte eine der Relax Editions von Blank & Jones, coole Chill-out-Musik, passend zu einem Tag am Meer.

Aber sie war offenbar zu gechillt, denn ich musste darüber eingeschlafen sein. Als ich wieder aufwachte, erblickte ich das Gesicht eines Typen, der sich über mich beugte. Reflexartig schlug ich um mich und verpasste ihm aus Versehen eine.

»Hey! Bist du immer so krass drauf?« Der Unbekannte verzog das Gesicht und rieb sich die Wange. Bevor ich antworten konnte, fügte er hinzu: »Ich an deiner Stelle würde mich eincremen und aus der Sonne gehen, du bist nämlich schon krebsrot.«

Als ich mich aufzurichten versuchte, erfasste mich Schwindel. Mist! Bestimmt würde gleich mein Kreislauf wegsacken. Und so war es auch. Vor meinen Augen tanzten lila Sterne und meine Kehle war komplett ausgedörrt.

»Hier, trink«, sagte der Fremde und reichte mir eine Wasserflasche. Als wäre ich eine Woche in der Sahara unterwegs gewesen und endlich an eine Wasserstelle gelangt, kippte ich die halbe Flasche in einem Zug runter. Anschließend rieb ich mir mit dem Handrücken über die Lippen. Hm, das tat gut.

»Wer bist du eigentlich und wieso kümmerst du dich so um mich?«, fragte ich, als ich wieder in der Lage war zu sprechen. Der Typ sah nicht übel aus. Dunkle, wellige Haare, einen dunklen Bartschatten auf den Wangen, Augenfarbe vielleicht Grün (konnte ich durch meine Ray-Ban nicht so genau erkennen). Groß, gut gebaut.

Stylishe Badeklamotten und etliche dieser bunten Flechtbänder ums Handgelenk.

»Es ist mein Job, hübsche Frauen zu retten«, antwortete er, als sei er der Prinz aus dem Märchen und ich Schneewittchen, das ohnmächtig im gläsernen Sarg lag und darauf wartete, wach geküsst zu werden. Oder war das Dornröschen?

»Hahaha, sehr komisch«, sagte ich, weil mir gerade

nichts Besseres einfiel. Doch der Dunkelhaarige schien kein bisschen beleidigt zu sein.

»Ich heiße Piet und bin Rettungsschwimmer«, fuhr er grinsend fort. »Und wenn ich sehe, dass jemand an Land in Schwierigkeiten ist, fühle ich mich genauso verantwortlich, wie wenn derjenige in Seenot geraten wäre.«

Ein Rettungsschwimmer? Wenn ich Jule das erzählte, würde sie garantiert vor Begeisterung ausflippen.

»Also dann, Herr Rettungsschwimmer, danke für die Erste Hilfe und das Wasser. Hab wohl echt einen Tick zu viel Sonne abgekriegt. Aber wo du gerade hier bist: Hast du einen Tipp, wo man hier in Westerland einen Eistee trinken und später was essen kann? Gern etwas abseits von Gosch und Konsorten, wo man Leute unter dreißig trifft und man nicht total pleite wieder herauskommt.«

Piet brauchte keine Sekunde zu überlegen. »Ein paar Meter weiter ist das Sunset Beach, wo die Surfer abhängen. Wenn du gern Fisch isst, gibt es noch das Luzifer an der Promenade oder die üblichen Imbissbuden. Solltest du aber auf Burger und American Food stehen, bist du im Twisters genau richtig. Auch da trifft sich die Surferszene von Sylt.«

»Hey, danke, das klingt alles toll«, antwortete ich und beschloss, ins Sunset Beach zu gehen.

»Wenn du magst, komme ich mit und mache dich mit ein paar Leuten im Twisters bekannt«, bot Piet netterweise an. »Ich habe um halb sieben Schluss und könnte dich dann hier abholen.«

Mittlerweile war es halb drei, wie ich mit Blick auf

mein Handy feststellte. Ich hatte echt lange geschlafen und dabei verpennt, dass ich in der prallen Mittagssonne gelegen hatte. Meine Haut spannte verdächtig und ich hatte einen ziemlichen Dröhnschädel. »Ja, das wäre super, danke«, antwortete ich und spürte, wie hungrig ich auf einmal war. Also rappelte ich mich auf, um Richtung Sunset Beach zu gehen. »Und bis es so weit ist, schaue ich mal, was da drüben so abgeht.« Ich zog mir das Kleid über, löste den Top-Knot und nahm die Brille ab, damit ich Piet endlich richtig erkennen konnte. Im hellen Tageslicht sah er immer noch gut aus, und ja, seine Augen waren tatsächlich grün. Doch er wirkte mit einem Mal, als hätte er ein Gespenst gesehen.

»Ja, mach das ... wow ... du bist plötzlich ganz verändert«, stammelte Piet und starrte mich an, als sei ich Godzilla persönlich.

»Tja, so sehe ich eben mit offenen Haaren und ohne Sonnenbrille aus.« Ich ärgerte mich ein wenig, dass ich das Bedürfnis hatte, mich zu verteidigen.

»War auch nicht blöd gemeint, du bist mit oder ohne Haarknoten hübsch«, antwortete Piet. Aber so ganz kaufte ich es ihm nicht ab. Als er sich zum Gehen wandte, vermied er jeden Augenkontakt mit mir. »Also dann bis später. Wir sehen uns.«

»Bis dann«, antwortete ich verwirrt.

So, wie Piet sich gerade benommen hatte, war ich mir nicht sicher, ob er später tatsächlich wieder auftauchen würde. Doch ich beschloss, mir durch sein merkwürdiges Verhalten nicht den Tag verderben zu lassen, sondern stattdessen wie geplant etwas essen zu gehen.

Um nicht alles mitschleppen zu müssen, steckte ich nur meine Wertsachen ein und zog die Flip-Flops an. Dann ging ich die Treppe hoch zum Sunset Beach, wo der Bär steppte. Schon von Weitem sah ich die beiden Bullys mit dem Logo der Surfschule, die vor dem mit dunklem Holz vertäfelten *Bistrorant* standen, das auf der Düne hinter der Promenade thronte. Auf der Terrasse stand ein knallroter Strandkorb mit rot-weiß gestreiftem Innenfutter, ungewöhnlich für Sylter Verhältnisse. Auf der Insel war das meiste in den typisch friesischen Farben Weiß und Blau gehalten.

Auf den Barhockern saßen Mädchen, die meisten von ihnen top aussehend, ihre ellenlangen, gebräunten Beine durch ultraknappe Shorts oder Röcke perfekt in Szene gesetzt.

Oje, war ich hier nicht ziemlich fehl am Platz?

Im Geiste hörte ich Jule *Komm, sei nicht feige* sagen und steuerte mit klopfendem Herzen auf den Szeneschuppen zu. Wenn es mir zu doof wurde, konnte ich notfalls immer noch meine Cola hinunterkippen und dann wieder zurück zum Strandkorb gehen.

Um möglichst lässig zu wirken, steckte ich meine Sonnenbrille ins Haar und die Stöpsel meines MP3-Players in die Ohren. Einige der Typen hier trugen diese fetten Kopfhörer, die ich in Berlin immer irgendwie affig gefunden hatte. Aber hier sah das Ganze irgendwie ... lässig aus. Was die wohl hörten?

Electro? Rap? Jason Mraz? Oder war womöglich Jack Johnson immer noch angesagt?

»Was kann ich dir bringen?«, fragte eine süße Brünette

mit leicht abstehenden Ohren und schaute mich erwartungsvoll an.

Ohne einen Blick auf die Karte zu werfen, bestellte ich mir eine Coke Zero.

Plötzlich fiel mir ein Typ auf, der so unfassbar gut aussah, dass ich einen Moment den Atem anhielt. Ich schloss die Augen und öffnete sie wieder, um mich zu vergewissern, dass ich mir seine Existenz nicht nur eingebildet hatte. Doch Dreamboy saß immer noch da.

Eine Mischung aus Chris Hemsworth und Ian Somerhalder, mit einem Touch Aleksander Skarsgard, irre attraktiv. Er schäkerte mit der Kellnerin und lachte dann zusammen mit seinen Kumpels über irgendeinen Witz.

Und plötzlich blieb sein Blick an mir hängen. Er stutzte, betrachtete mich genauer und wurde auf einmal ganz ernst. Aber er sah mich noch immer unverwandt an und ich war kurz vorm Durchdrehen vor Aufregung.

Als er nach einer gefühlten Ewigkeit zu lächeln begann, war ich schon fast vom Barhocker gekippt.

Wow, er hatte mich angesehen! Und angelächelt!

Weniger toll war allerdings, dass sich jetzt eine Rothaarige an ihn schmiegte und damit der ganzen Welt signalisierte: FINGER WEG, DER GEHÖRT MIR! Okay, okay, ich hatte die Botschaft verstanden: Der Typ war verbotene Zone und da hatte ich nichts zu suchen. Frauen, die sich an die Freunde anderer heranmachten, waren mir zuwider. Schließlich wusste ich aus eigener Erfahrung, wie sich das anfühlte, wenn man diejenige war, die das Nachsehen hatte.

Schade, schade, schade. Endlich gefiel mir mal jemand,

war der natürlich schon vergeben. Ein wenig betrübt schaute ich aufs Meer. Es war wegen des Windes relativ aufgewühlt und die Wellen brachen sich weiß schäumend am Strand. Kids hüpften johlend im Wasser auf und ab, mal verschwanden ihre Köpfe, dann tauchten sie wieder auf.

Ich dachte an Piet, den ich vermutlich nie wiedersehen würde, und fragte mich, ob er bei seinem Job viel zu tun hatte. Gerade in diesem Jahr war es sogar zu mehreren tödlichen Badeunfällen in der Ostsee gekommen. Die Schwimmer waren tückischen Strömungen zum Opfer gefallen, die für die Ostsee eigentlich untypisch waren. Doch so war das eben mit der Natur. Sie machte, was sie wollte, und wir Menschen taten gut daran, ihr mit Respekt zu begegnen, sonst konnte es schnell zu einer Katastrophe kommen.

3

Und hier ist das berühmte *Twisters«*, sagte Piet, nachdem wir von der belebten Einkaufsmeile Friedrichstraße in die Paulstraße abgebogen waren. Er war doch noch überraschend aufgetaucht, um mich abzuholen, und trug netterweise meinen schweren Korb. Während wir plauderten, fragte ich mich, weshalb er mir gegenüber so freundlich und hilfsbereit war. Immerhin schien er ein gutes Stück älter zu sein als ich.

Aber vielleicht erinnerte ich ihn ja an seine kleine Schwester oder so.

»Wow, was ist denn das?«, fragte ich, als ich einen orangerot bemalten Bus mit gelben Logos und einer Surfillustration bemerkte, der auf dem Parkplatz vor dem Burger-Restaurant stand. Im Fenster baumelte ein T-Shirt mit der Aufschrift *Twisters – great tasting food*. Darunter war ein Hawaiianer abgebildet, der Ukulele spielte.

»Das ist ein umgebauter alter UPS-Wagen, den Okke, der Besitzer des Twisters, als Food-Truck für Events nutzt«, antwortete Piet. Tatsächlich hing an der einen Längsseite des Wagens eine Tafel mit Auszügen aus der Speisekarte. Links daneben lehnte ein Board an der Wand, auf dem Angaben zum Surfunterricht standen. Auf dem Asphaltboden lagen weitere Bretter.

»Und wofür sind die?«, fragte ich und nickte in Richtung der Boards.

»Fürs Suppen«, erklärte Piet.

Suppen?! Ich kicherte.

Piet grinste ebenfalls. »Suppen ist die Abkürzung für Stand-Up-Paddling. Klingt lustig, ich weiß«, fuhr er fort. »Aber lass uns lieber mal reingehen, bevor es hier gleich ultravoll wird und wir keinen Platz mehr kriegen.«

Er schob mich sanft durch die Eingangstür in einen Raum, in dem alles unter dem Motto Hawaii oder Südsee zu stehen schien: An den hellgelben Wänden mit den türkisen und orangefarbenen waagrechten Streifen oberhalb der Sitzbänke hingen hawaiische Bildmotive, deren Rahmen mit Stoff-Blumengirlanden behängt waren. Auf Monitoren liefen Surfvideos.

»Ich wusste gar nicht, dass Winnetou mal auf Sylt war«, witzelte ich und deutete auf einen großen Holzpfahl in der Ecke des Restaurants, der mich an einen indianischen Totempfahl erinnerte.

»Aber klar doch, er ist auf einem Einbaum hergeschippert«, antwortete Piet schmunzelnd.

»Das ist ein so genannter Tiki, ein geschnitzter Stamm aus Koa-Holz – Okke hat ihn aus Polynesien mitgebracht. Tikis symbolisieren Götter und Hüter spiritueller Kräfte. Wenn du magst, erzähle ich dir irgendwann mal was über die Mythologie Polynesiens und die Geschichte der pazifischen Meerjungfrau Pali.«

Ich murmelte »Sehr gern«, war aber irgendwie irritiert. Piet schien mir viel zu bodenständig, um an Meerjungfrauen oder mythologische Zauberwesen zu glauben. Ich hingegen konnte schon als Kind nicht genug Sagen und Märchen hören, in denen es um Wassernixen ging, zum Beispiel Andersens *Kleine Meerjungfrau,* und ihr trauriges Ende hatte mir jedes Mal aufs Neue Tränen in die Augen getrieben.

Doch mir blieb keine Zeit, weiter über Piet nachzudenken. Im hinteren Teil des Raums entdeckte ich eine Clique, in deren Mittelpunkt der Dreamboy aus dem Sunset Beach saß. Diesmal ohne seine rothaarige Freundin.

Piet steuerte direkt auf die Clique zu. Er tippte einmal kurz mit dem Finger gegen die Stirn, legte seinen Arm um meine Schulter und stellte mich als *Tinka aus Berlin* vor, die gerade bei den Großeltern in Morsum zu Besuch sei.

Nachdem die Clique kurz zuvor noch in ein lebhaftes Gespräch vertieft gewesen war, verstummte die Unterhaltung plötzlich. Eben noch lächelnde Gesichter verwandelten sich binnen Sekunden in versteinerte Mienen.

Verwirrt, weil ich schon wieder eine solche Reaktion auslöste, stammelte ich »Hallo allerseits« und überlegte, was an mir so schrecklich war, dass allen sofort die Gesichtszüge entglitten, sobald sie mich sahen. Am liebsten wäre ich in die Toilette gestürmt, um in den Spiegel zu schauen, doch dazu blieb keine Zeit.

»Magst du was trinken, Tinka, oder hast du Hunger?«, fragte mich ein sympathisch aussehender Typ, der hinter dem Tresen hervorkam und mir lächelnd die Speisekarte reichte. Er war groß und breitschultrig. Rotblonde Locken lugten unter seinem Basecap mit der Aufschrift

Twisters hervor. Er war ein bisschen fülliger als die anderen durchtrainierten Surfer. »Moin, ich bin Okke.«

»Hallo Okke, ich bin Tinka«, antwortete ich und wäre kurz darauf am liebsten im Erdboden versunken. Dass ich Tinka hieß, sollte sich ja mittlerweile herumgesprochen haben.

»Was ist denn besonders lecker?«, fragte ich, um meine Verlegenheit zu überspielen. Ich hatte zwar vorhin im Sunset Beach eine Ofenkartoffel mit Sour Cream gegessen, aber trotzdem noch Appetit. Ob es an der Sylter Luft oder aber an meiner Nervosität lag, konnte ich nicht sagen.

»Unsere Spezialität sind natürlich die Twisters und die klassischen Burger, aber wir haben auch was für Vegetarier, falls du kein Fleisch magst.« Okke schaute mich freundlich aus warmen braunen Augen an. Während Piet mit den anderen quatschte, studierte ich die Karte.

»Diese Süßkartoffel-Pommes-frites klingen gut«, sagte ich. »Und Cajun-Burger auch.« Hm, ob das nicht zu viel war? Andererseits, dachte ich, wäre es vielleicht ratsam, die merkwürdige Atmosphäre, die seit meinem Auftauchen herrschte, zu entschärfen, indem ich mich mit Essen beschäftigte.

»Gute Wahl«, stimmte Dreamboy zu, der auf einmal neben mir stand, um dann Richtung Toilette zu verschwinden.

»Komm, setzen wir uns«, sagte Piet und winkte mich an einen der Tische, an dem noch zwei Plätze frei waren. Mein Herz geriet aus dem Takt, als ich sah, dass es genau der Tisch war, an dem Dreamboy gesessen hatte.

»Hi, ich bin Konstantin«, stellte sich mein Stuhlnachbar vor. Er sah aus wie ein Grieche, hatte ziemlich hagere Gesichtszüge und die irrsten blauen Augen, die ich je gesehen hatte. Trug er etwa gefärbte Kontaktlinsen? »Wie lange bleibst auf Sylt?«

Die beiden Typen neben ihm beachteten mich gar nicht, sondern daddelten auf ihren Smartphones herum.

»Die ganzen Sommerferien über, also sechs Wochen«, antwortete ich und fand die Vorstellung, so lange hierzubleiben, plötzlich gar nicht mehr so furchtbar. Als Dreamboy zurückkam und mich unverwandt anschaute, begann mein Herz von Neuem zu rasen.

»Surfst du? Oder kitest?«, fragte Konstantin. Da es mir peinlich war zuzugeben, dass ich mit Wassersport – bis auf Schwimmen – gar nichts am Hut hatte, schüttelte ich einfach nur den Kopf.

»Ist vielleicht auch besser so«, antwortete Dreamboy. »Ich bin übrigens Sven.« Endlich hatte mein Traumtyp einen Namen.

»Ah ja, Sven?«, fragte Konstantin. »Das sagt ja genau der Richtige.«

Irrte ich mich oder lag plötzlich ein Hauch von aggressiver Spannung in der Luft?

»Kitesurfen ist zwar mein Leben, wie du weißt, aber ich erwarte nicht, dass das bei anderen auch so ist. Es gibt ja auch noch andere Sportarten und Hobbys«, entgegnete Sven ungerührt und wandte sich dann wieder mir zu. »Also, Tinka, was machst du so, wenn du nicht gerade zur Schule gehst?«

Wow, Sven hatte sich meinen Namen gemerkt! Fieberhaft suchte ich nach einer Antwort, mit der ich nicht total uncool und unsportlich rüberkam.

Ich konnte noch nicht einmal behaupten, gern Mountainbike zu fahren oder inlinezuskaten. Im Grunde lümmelte ich am liebsten auf dem Bett herum und las ein Buch, schaute Serien in Endlosschleife, quatschte mit Jule oder ging auf Partys. Nur beim Tanzen war ich immer eine andere, denn das tat ich für mein Leben gern. Als Kind war ich begeistert zum Ballett gegangen, jetzt tanzte ich Modern Dance und Jazz. Aber nur just for fun, ohne besonderen Ehrgeiz.

Piet, der mir gegenübersaß, unterbrach meine Grübelei. »Jedenfalls brutzelst du gern in der Sonne«, sagte er schmunzelnd. »Mit einem Buch vor der Nase, jedenfalls war das heute so.«

Auweia, das wurde ja immer peinlicher.

Wenn Piet jetzt auch noch verriet, dass es sich bei besagtem Buch um *Bis(s) zum Morgengrauen* handelte, das ich mir zum hundertsten Mal reinzog, weil ich die Liebesgeschichte zwischen Edward und Bella immer noch so furchtbar romantisch fand, war ich geliefert.

Endlich gab ich mir einen Ruck und antwortete auf Svens Frage: »Ich ... ähm ... fahre ab und zu Rad (glatt gelogen, ich nahm immer die U-Bahn oder den Bus), schwimme gern (na ja, am liebsten lag ich am Beckenrand) und jogge, um mich fit zu halten (musste ja keiner wissen, dass ich Wii Fit schon seit Ewigkeiten nicht mehr benutzt hatte).«

Konstantin, Piet und Sven musterten mich interessiert, bis einer der Jungs neben uns plötzlich rief: »Geile Wellen am K4.« Mit einem Mal brach Hektik aus. Konstantin, Sven und die beiden Smartphone-Daddler warfen Geldscheine und Münzen auf den Tisch, die Okke mit einem breiten Lächeln einsammelte.

»Dann wünsche ich euch 'ne coole Session, Jungs, bis später«, sagte er und schob sein Basecap zurecht. Auch am Nachbartisch waren alle wie auf Kommando aufgesprungen und zur Tür hinausgestürmt. Nur ein Pärchen, das verliebt knutschte und sich gegenseitig Pommes in den Mund steckte, schien von der ganzen Aufregung unberührt.

»Du bleibst aber hoffentlich noch?«, fragte ich Piet, der zum Glück keine Anstalten machte zu gehen. »Kannst du mir mal bitte verraten, was das da eben war? Eine Session und K4? Spielen die alle in einer Band?«

Okke lachte schallend und setzte sich neben mich. »Ich sehe schon, Tinka aus Berlin, du hast wirklich null Plan vom Surfen. Stimmt's oder hab ich recht? Session nennt man in der Surfersprache eine Surfeinheit. So ähnlich wie beim Musikmachen, insofern lagst du mit einer Band gar nicht so verkehrt«, erklärte Piet. »Und K4 ist einer der beliebtesten Spots auf Sylt.«

Spot?! Was redeten die hier eigentlich für ein Kauderwelsch? Auf einmal hatte ich das Gefühl, in einer fremden Galaxie gelandet zu sein, in der man eine Sprache namens *Surfish* sprach.

»Und bestimmt fragst du dich jetzt, was ein Spot ist«, fuhr Okke fort, als hätte er meine Gedanken erraten. »Das sind die Orte, an denen man surft oder kitet. Hier auf Sylt gibt es sechs beliebte Spots. Drei davon liegen in Westerland, einer in Hörnum, einer am Ellenbogen in List und der letzte ist besagter K4 zwischen Rantum und Hörnum.«

»Und woher weiß man, dass irgendwo gerade hohe Wellen sind?«, fragte ich.

»Jeder Wassersportler checkt alle fünf Minuten die einschlägigen Apps wie Windfinder und Windguru. Dort erfahren sie alles, was sie über Wellenintervalle und so weiter wissen müssen«, erklärte Piet.

»Und sobald die perfekte Welle anrollt, springen alle auf und fahren los? Oder wie oder was?«, fragte ich. Piet und Okke nickten. »Aber was, wenn einer von ihnen gerade bei der Arbeit ist? Sagt er dann zu seinem Chef: Sorry, ich kann das hier jetzt nicht zu Ende machen, weil ich kurz mal aufs Brett muss?«

Piet grinste. »Soll schon mal vorgekommen sein. Wer Saisonkräfte aus der Surferszene einstellt, weiß genau, dass die Jungs und Mädels immer auf dem Sprung sind. Da aber viele der Arbeitgeber selbst Surfer sind, haben sie meist Verständnis. Bei dieser Sportart ist man extrem von den Wetterbedingungen abhängig, so ist das nun mal.«

Jetzt war ich erst recht verwirrt. Das Ganze wirkte arg hektisch auf mich. Aber waren Surfer nicht dafür bekannt, immer extrem gechillt zu sein?

»Das klingt voll anstrengend und stressig«, sagte ich. »Und wo bleibt da bitte schön das lässige Surfer-Dude-Feeling, für das diese Szene bekannt ist?«

Okkes Lächeln wurde immer breiter. »Das tritt erst ein, wenn du 'ne geile Session hattest und danach komplett stoked bist. Dann kannst du dich ans Lagerfeuer setzen, ein Bierchen zischen oder dir einen Joint drehen. Davor ist es Adrenalin pur. Kannst gerne mal mitkommen und dich aufs Brett stellen, wenn du magst. Vielleicht trägst du ja das Surfer-Gen in dir und dann weißt du, wovon wir reden.«

»Ist echt total nett von dir«, antwortete ich, während ich einen Bissen des ultraleckeren Cajun-Burgers kaute, den der Koch zuvor gebracht hatte. Auch die Süßkartoffel-Pommes waren der Hit. »Aber vom Surfen hab ich null Ahnung, wie du anhand meiner Fragen gemerkt haben dürftest.«

Und ich bezweifle auch sehr, dass ich das Surfer-Gen in mir habe, fügte ich in Gedanken hinzu.

»Kein Problem, ich bring's dir gern bei«, bot Okke an. »Oder, noch besser, Sven zeigt dir, wie's geht. Der ist nämlich Kite- und Surflehrer.«

Ich unterbrach mein Kauen. Sven war Surflehrer?! Das wäre ja *die* Chance überhaupt, ihn wiederzusehen. Da er vorhin so eilig aus dem Twisters gestürmt war, hatte ich noch nicht einmal »Tschüss« sagen können.

Allerdings gab es da noch diese Rothaarige ... Ob sie wirklich seine feste Freundin war oder nur in ihn verliebt?

Doch bevor ich mir weiter darüber den Kopf zerbrach, brauchte ich unbedingt noch eine Antwort auf eine Frage, die mir seit vorhin auf den Nägeln brannte. Also sagte ich: »Danke, ich denke über euer Angebot nach. Aber mal was ganz anderes. Könnt ihr mir bitte erklären, weshalb ihr alle so merkwürdig geguckt habt, als ich reinkam? Ihr habt mich angeschaut, als wäre ich eine Serienkillerin oder so was in der Art.«

Piet und Okke wechselten vielsagende Blicke und räusperten sich. Und schon war es wieder vorbei mit der gechillten Atmosphäre.

»Glaub mir, Tinka. Das möchtest du lieber nicht wissen«, sagte Piet, der als Erster seine Sprache wiederfand.

4

Sonntagmorgen und gleich drei Freundschaftsanfragen auf Facebook. Die erste kam von Piet, die zweite von Okke.

Die dritte war allerdings der Jackpot.

Sie war von Sven.

Piet hatte mich zur Gruppe *Surfers Paradise Sylt* hinzugefügt, wo sich alle, die zur Clique gehörten, täglich über die anstehenden Aktivitäten austauschten. Wie zum Beispiel die Beachparty, die heute am Lister Ellenbogen steigen würde.

»Darf ich heute Abend zu einer Party?«, fragte ich, als ich gemeinsam mit Oma und Opa beim Frühstück saß.

Die Sonne knallte wieder vom Himmel und es war warm, ideale Bedingungen für eine Nacht am Strand. Im gleißend hellen Licht fiel es mir leichter zu verdrängen, wie verstockt Piet und Okke gestern reagiert hatten. Und dass ich das, was Piet zum Schluss gesagt hatte, ganz schön gruselig fand. So gruselig, dass ich nicht weiter nachgefragt hatte.

»Was ist das für eine Party?«, fragte Opa mit strenger Miene.

»Darfst du denn in Berlin auch schon feiern gehen?«, wollte Oma wissen. Diese Frage brachte mich ein wenig ins Schleudern. Seit meinem sechzehnten Geburtstag vor acht Monaten durfte ich natürlich einiges mehr als zuvor, aber ich musste in der Regel – wie Aschenputtel – um Mitternacht daheim sein. Das wiederum könnte ziemlich peinlich werden, da die Leute aus Piets Clique alle älter waren als ich, bestimmt neunzehn oder zwanzig. Ganz zu schweigen von Okke, den ich eher auf zweiundzwanzig schätzte.

»Ja, vor allem in den Sommerferien«, antwortete ich. Dass ich spätestens um Mitternacht zu Hause sein müsste, sagte ich wohlweislich nicht. Bestimmt rief Oma nicht bei Mama an, um sich zu erkundigen.

»Wo findet diese Party denn statt? Und wer ist dabei beziehungsweise wie kommst du dorthin und wieder zurück?«, setzte Opa den großelterlichen Fragemarathon fort.

»In der Nähe vom ... Lister Hafen.« Das Wort *Königshafen* vermied ich geflissentlich. Im Naturschutzgebiet des Sylter Ellenbogens war es nämlich verboten, Lagerfeuer zu machen, zu feiern oder zu übernachten. Doch genau *das* hatte die Clique vor. Bevor es losging, würden alle eine Runde kiten, sofern die Wetterbedingungen es zuließen, und danach wollten wir Fisch grillen und es uns gut gehen lassen. »Piet, der Rettungsschwimmer, holt mich ab und bringt mich auch wieder heim«, antwortete ich, mit Betonung auf »Rettungsschwimmer«, sodass es seine Wirkung hoffentlich nicht verfehlen würde.

»Ein Rettungsschwimmer, soso.« Oma Inken schmunzelte. »Wenn der junge Mann ein Auto hat, dann trinkt er hoffentlich nichts?«

Das hoffte ich allerdings auch. »Ich kann ihn euch gern vorstellen, wenn ihr mögt«, bot ich an und ärgerte mich gleichzeitig. Was würde Piet dann von mir denken? Dass ich kaum aus den Windeln raus war? Aber wenn es darum ging, Sven wiederzusehen, musste ich mich eben notfalls zum Affen machen.

»Das ist eine gute Idee«, erwiderte Opa prompt. »Dann werde ich ihm fest in die Augen schauen und ihm klarmachen, dass ich nur diese eine Enkelin habe und ihm dringend rate, dich wieder heil nach Hause zu bringen.«

Nachdem wir zu Ende gefrühstückt hatten, checkte ich meine Klamottenbestände auf Partytauglichkeit. Doch ich zweifelte, ob etwas dabei war, mit dem ich bei den cool gestylten Girls mithalten konnte, die garantiert heute Abend dabei sein würden. Ich surfte im Internet nach Ideen und fand schließlich eine angesagte Marke, die ein Sweatshirt im Programm hatte, auf dem stand: *A True Mermaid Drops Her Secrets Into The Sea.*

Das war's! Genau das wollte ich haben, auch wenn es für die Party natürlich zu spät war. Aufgeregt rannte ich zu Oma in die Küche, um sie zu bitten, den Sweater auf ihren Namen online zu bestellen.

»Aber du hast doch so viele hübsche Sachen, Lämmchen«, entgegnete Oma, nachdem ich ihr erklärt hatte, dass ich in einer tiefen Fashion-Krise steckte. Ungerührt rieb sie Möhren für den Salat. »Und wo du gerade da bist. Kannst du mir bitte eine Gurke, Kräuter und Radieschen aus dem Garten holen? Es geht doch nichts über einen knackfrischen Salat aus dem eigenen Garten, findest du nicht auch?« Nein, das fand ich nicht, zumindest nicht jetzt, wo es für mich eindeutig um Wichtigeres ging als um Estragon, Thymian und anderes Grünzeug.

Nun denn. In der Hoffnung, Oma durch diese kleine Gefälligkeit gnädig zu stimmen, begab ich mich zähneknirschend in den Garten und kniete mich auf eine der Platten, die Opa zwischen den einzelnen Beeten verlegt hatte.

»Kommt raus, ihr kleinen Biester«, murmelte ich und zog an dem grünen Büschel, an dessen Ende ich unter der Erde Radieschen vermutete. Dann schnitt ich eine Gurke und ein paar Stängel Kräuter ab. Nein, das war definitiv nichts für mich Großstadtpflanze. Aber wenn ich Oma damit eine Freude machen konnte, tat ich es natürlich gern.

»Also gut, ich bestelle das Sweatshirt für dich, wenn es dir so wichtig ist. Und ich würde es dir auch gern schenken, als kleines Andenken an deine Sommerferien auf Sylt«, sagte Oma, als ich mit meiner Ernte in die Küche zurückkam. »Diesen Spruch mit den Meerjungfrauen finde ich übrigens romantisch, aber auch ein bisschen gruselig. Weißt du noch, wie ich dir als Kind vor dem Einschlafen Sylter Sagen vorgelesen habe? Die Sage von der versunkenen Insel Rungholt, die Legende von Ekke Nekkepenn, die Sage von Pidder Lüng und den Hexen von Hörnum?« Oma wusch die Kräuter, tupfte sie ab und zerhackte sie flink mit einem Wiegemesser. Plötzlich hielt sie inne. »Ach Blödsinn, von den Hexen habe ich dir damals bestimmt nichts erzählt, weil du viel zu klein warst und dich bloß gefürchtet hättest. Deshalb habe ich die Geschichte vom Geisterschiff und den Totenlichtern außen vor gelassen.«

»Was erzählst du denn da wieder für Döntjes, Inken?«, fragte Opa Eycke, der soeben hereingekommen war. »Mach der Lütten man keine Angst.« Das sagte ausgerechnet der Mann, der immer noch Bestattungen auf hoher See ausführte – was *ich* wiederum gruselig fand. Allerdings war ich jetzt erst recht neugierig geworden.

»Was denn für ein Geisterschiff?«, fragte ich und spürte, wie Gänsehaut meine sonnenverbrannten Arme und den Nacken überzog. Unwillkürlich kam mir die Furcht einflößende *Black Pearl* aus dem Film *Fluch der Karibik* in den Sinn.

Oma fuhr fort, die Kräuter zu hacken, und begann zu erzählen. »Der Sage nach wartete die junge, schöne Bruntje aus Braderup monatelang vergebens am Meer auf ihren Mann, der als Walfänger auf See gefahren war. Sie stand Abend für Abend am Wasser, obwohl allen Syltern klar war, dass ihr Mann nie wieder lebend zurückkehren würde. Doch Bruntje ließ sich nicht beirren, bis eines Nachts im Winter Seenebel aufkam und Bruntje ein Schiff erblickte. Am Bug des über und über mit Seetang bedeckten Schiffes stand ein totenblasser Mann, der ihr zuwinkte. Und da wusste sie: Ihr Geliebter war gekommen, um sie zu holen. Das Schiff glitt schließlich wieder zurück in die Nebelwand – und die schöne Bruntje ward ab diesem Moment nie wiedergesehen. Danach raunten die Sylter einander zu, sie hätte nun endlich ihre Liebe wiedergefunden. Auch erzählten sie sich, dass sie häufig bei Nebel ein Schiff gesehen hätten, an dessen Deck ein eng umschlungenes Liebespaar stand.«

Erneut überlief mich Gänsehaut, doch diesmal überzog sie meinen ganzen Körper.

»Noch heute behaupten manche, dass dieses Geisterschiff nach wie vor ruhelos über die Meere segelt und Unwetter und Untergang drohen, wenn es durch den Nebel hindurch gesichtet wurde.«

»Und was ist das mit den Totenlichtern?«, fragte ich, vollkommen gefangen in der nordfriesischen Sagenwelt und begierig darauf, mehr zu erfahren, auch wenn ich in dieser Nacht bestimmt Albträume davon bekommen würde.

»In längst vergangenen Zeiten haben die Sylter am Strand geheimnisvolle Lichter beobachtet und das Wimmern eines Kindes vernommen«, erzählte Opa Eycke. Er hatte sich auf die Küchenbank am gemütlichen Holztisch gesetzt und schenkte sich aus der Kanne Friesentee ein, die in einer Kanne auf dem Stövchen warm gehalten wurde.

Offenbar hatte er seine eigene Mahnung schon wieder vergessen und es war ihm gleich, dass das, was er da erzählte, ganz schön spooky war. »Meist fand man an der Stelle, an der die Lichter getanzt hatten, später die Leiche eines Ertrunkenen, den die Strömung an Land getrieben hatte.«

Oh nein, jetzt wurde es mir doch ein bisschen zu gruselig. Hätte ich doch bloß nicht nachgefragt.

»Diese Toten wurden später auf dem Friedhof der Heimatlosen beigesetzt, weil man weder ihre Namen kannte noch ihre Herkunft.«

»Friedhof der Heimatlosen?«, fragte ich erstaunt. »Davon habe ich ja noch nie gehört. Gibt es den denn überhaupt noch?«

»Oh ja.« Opa ließ den schwarzen Tee nach alter friesischer Tradition über einen Löffel mit einem Stück dunklen Kandis in die Tasse rinnen. »Er liegt in Westerland, am Ende der Elisabethstraße. Dreiundfünfzig von roten Rosen umrankte Holzkreuze gedenken dort der unbekannten Toten, die auf Sylt an Land gespült wurden.« Das klang so aufregend, dass ich mir vornahm, den Friedhof bei Gelegenheit zu besuchen, obwohl ich mich dabei vermutlich zu Tode fürchten würde. Schade, dass Jule nicht mitgekommen war, denn die war genauso versessen auf Spukgeschichten wie ich, nur dass sie viel mutiger war als ich.

Nachdem ich für Oma einen großen Berg Kartoffeln geschält hatte, schnappte ich mir mein Buch und ein Handtuch und haute mich im Garten auf die Liege. Dort würde ich bis zum Mittagessen bleiben und mir die Zeit mit Lesen vertreiben. Vorher cremte ich mich allerdings sorgsam ein, denn meine Haut war durch das unfreiwillige Sonnenbad gestern ganz schön gerötet.

Schlag acht Uhr abends klingelte Piet und ich bat ihn herein, um ihn, wie versprochen, meinen Großeltern vorzustellen.

»Moin, Sie sind Kapitän Eycke Hansen, der die Seebestattungen durchführt«, sagte Piet, bevor ich dazu kam, sie miteinander bekanntzumachen. Opa fühlte sich sichtlich geschmeichelt – eins zu null für Piet!

»Ach, woher wissen Sie das denn?«, fragte er, wobei

das eine rein rhetorische Frage war. Eycke Hansen war auf Sylt nämlich bekannt wie ein bunter Hund.

»Sie haben letztes Jahr meinem Großvater die letzte Ehre erwiesen«, sagte Piet zu meiner großen Überraschung. »So traurig sein Tod war ... aber Sie haben es uns mit Ihrer schönen Zeremonie ein bisschen leichter gemacht.«

»Ich habe euch übrigens leckeren Kartoffelsalat gezaubert«, schaltete sich Oma ein und reichte Piet eine riesige Schüssel. »Hoffentlich habt ihr einen schönen Abend. Und bringen Sie Tinka bitte pünktlich um Mitternacht nach Hause!«

»Das mache ich, versprochen.« Piet lüpfte den Deckel der Schüssel und spähte hinein. »Mhm, das duftet ja köstlich. Sind da Zitronenmelisse und Sauerampfer drin?«

»Ja, ganz genau. Sie haben ein feines Näschen«, antwortete Oma und guckte nun mindestens so stolz wie Opa. Aber ich wollte jetzt endlich los. War ja gut und schön, dass Piet hier einen auf Schwiegermuttis Liebling machte, aber ich war nicht an ihm interessiert, sondern konnte es kaum erwarten, endlich auf diese Party zu kommen.

Und Sven wiederzusehen ...

5

Gibt es eigentlich einen bestimmten Anlass für die Party?«, fragte ich, nachdem wir bereits eine Weile die schier endlos lange Straße Richtung Listland zum nördlichsten Punkt der Insel entlanggefahren waren.

Da ich schon lange nicht mehr auf Sylt gewesen war, betrachtete ich fasziniert die hohen Wanderdünen, die entlang des Weges mit Heidekraut bepflanzt waren. Im milden Licht dieses Sommerabends glichen sie einer Mondlandschaft.

»Tom, ein anderer Rettungsschwimmer, feiert heute seinen Einstand«, antwortete Piet, den Blick fest nach vorne gerichtet. Schließlich bogen wir links ab und der Weg wurde zusehends holpriger. Immer wieder musste Piet um tiefe Schlaglöcher herummanövrieren und ich hatte mehr und mehr das Gefühl, im Nirgendwo gelandet zu sein.

Links und rechts wogte das Dünengras im sanften Sommerwind, über uns thronte ein stahlblauer Himmel, durchsetzt mit weißen Wattewölkchen. Ab und zu kreuzten Schafe unseren Weg und im Hintergrund ragte der weiß-rot gestreifte Leuchtturm von List auf.

Ich dachte an die Sage um die verschwundene Bruntje. Womöglich hatte sie ihren geliebten Mann nur deshalb an die stürmisch raue See verloren, weil es zu jener Zeit noch keine Leuchttürme gegeben hatte, die den Schiffen den Weg zu einem sicheren Hafen wiesen.

»Dass Rettungsschwimmer ihren Einstand geben, ist Tradition hier auf Sylt. Und für uns ein willkommener Anlass, um es ordentlich krachen zu lassen«, fuhr Piet fort. »Die Neuen geben einen aus und haben auf diese Weise Gelegenheit, alle kennenzulernen, mit denen sie den Sommer verbringen werden.« Als wir uns einem Wohnwagen näherten, auf dessen Flanke das grünschwarze Logo *Kiteschule-Sylt.de* prangte, verlangsamte Piet die Fahrt und parkte sein Auto dann in der Nähe. Ich stieg aus und umrundete neugierig den Wagen. Daneben erhob sich ein Mast, an dem eine Fahne mit Werbung für die Surfschule gehisst war. Die Rückseite des Fahrzeugs stand offen und ich konnte sehen, dass darin jede Menge Surfutensilien untergebracht waren: Neoprenanzüge und -schuhe, Rucksäcke und sogar Helme.

»Willst du einen Surfkurs machen?«, fragte eine sanfte, warme Stimme, die nicht Piet gehörte. Ich drehte mich ruckartig um und schaute direkt in die meerblauen Augen von Sven. Wieder fand ich, dass sie einen tollen Kontrast zu seinen blonden halblangen Haaren bildeten, die er zu einem Zopf zusammengefasst hatte. Er trug ein weißes T-Shirt mit einem V-Ausschnitt, in dem sich goldene Härchen und eine braun gebrannte Haut abzeichneten. Sven gehörte also nicht zu den Typen, die sich das Brusthaar entfernten, wie schön.

»Äh, nee«, stotterte ich. Ich war kein bisschen darauf gefasst gewesen, Sven jetzt schon über den Weg zu laufen. Ich war davon ausgegangen, ihn erst später irgendwann auf dem Gelände gegenüber der Surfschule zu sehen. Doch halt, stopp, was redete ich denn für einen Mist? Ich hatte mir doch vorgenommen, einen Kurs zu belegen, um die Chance zu haben, ein bisschen Zeit mit ihm zu verbringen. »Also, das heißt, doch ... möchte ich«, fuhr ich mit meinem peinlichen Herumgestottere fort. »Hast du denn ... ich meine, hast du denn noch einen freien Platz in deinen Kursen? Ich meine, die Mäd... ähm, die Schüler rennen dir doch sicher die Bude ein, oder nicht?«

Wie hypnotisiert starrte ich auf seinen Kettenanhänger, der zusammen mit einigen schwarzen und dunkelbraunen Holzperlen an einem schwarzen Lederhalsband hing. Er sah aus wie ein Schneckengehäuse.

»Ja, das tun sie.« Piet war zu uns getreten und klopfte seinem Kumpel zur Begrüßung auf die Schulter.

»Aber für dich habe ich noch einen Platz frei, Tinka«, sagte Sven zu meiner Freude. »Willst du lieber eine Einzelstunde oder zusammen mit mehreren Anfängern beginnen?«

Mit den Augen suchte ich die Preise auf der Schiefertafel neben dem Wohnwagen ab. Keine Frage, dass ich am liebsten allein mit Sven gewesen wäre, aber einen exklusiven Unterricht konnte ich mir auf keinen Fall leisten. »Ach was, ich geb dir einfach eine Einzelstunde«, fuhr Sven fort und lächelte so strahlend, dass meine Knie augenblicklich weich wurden. »Und weil du eine Freundin von Piet bist, kriegst du sie sogar gratis. Wie sieht's aus? Hast du morgen früh um sieben Zeit?«

Um sieben? Am Morgen?!

Obwohl ich weder wusste, wie ich so früh von Morsum nach List kommen sollte, noch, ob ich es um diese Uhrzeit aus dem Bett schaffen würde – zumal nach einer Party –, nickte ich und murmelte: »Ja, geht klar. Danke.«

Im selben Moment sah ich auf der gegenüberliegenden Straßenseite ein hübsches Mädchen winken. »Sven, kommst du?«, rief sie. Es war die rothaarige Klette, deren Existenz ich erfolgreich verdrängt hatte.

»Dann lasst uns mal rübergehen und schauen, ob Okke und Konstantin schon den Grill klargemacht haben«, sagte Sven zu Piet und mir gewandt. Dann verschloss er den Wagen mit zwei dicken Eisenstangen, die in zwei Metallringen verankert wurden. »Damit keiner auf die Idee kommt, hier einzubrechen«, erklärte er. Ich schaute mich um. Weit und breit war keine Menschenseele zu sehen. Nur die Schreie der Möwen waren zu hören und ich hatte das Gefühl, am Ende der Welt zu sein.

Als wir auf der anderen Seite des Geländes ankamen, fand ich mich inmitten einer idyllischen Postkartenlandschaft wieder: Vor mir grasten unzählige Schafe friedlich auf der saftigen Salzwiese. Andere hatten sich zum Dösen in den Sand gelegt, die Beine elegant unter dem Rumpf angewinkelt, die klugen Augen aufmerksam auf uns gerichtet. Vor uns lag, spiegelglatt und silbrig schimmernd, die Nordsee. Ein Stand-up-Paddler glitt ruhig auf seinem Brett vorbei und weiter draußen übten zwei Kiter mit ihren roten und orangefarbenen Schirmen Loops und andere Tricks. Links von mir erhob sich der Leuchtturm beinahe zum Greifen nah und daneben ein Haus mit dunklem Mauerwerk und tief gezogenem Reetdach, das mich an die Warft auf einer Hallig erinnerte.

»Ist traumhaft hier, am Königshafen, findest du nicht auch?«, sagte Piet im Flüsterton, der neben mir ebenfalls ehrfürchtig die Szenerie betrachtete. »Egal, wie oft ich hierherkomme, ich bin jedes Mal total happy, dass ich an einem Ort wie diesem leben darf.«

»Hey, ›happy‹ aus deinem Mund, das sind ja ganz neue Töne!«, sagte Konstantin, der im Neoprenanzug und seinem Board in der Hand zu uns trat. »Der Eso-Slang, den du sonst immer draufhast, der ist nämlich so was von uncool. Also was ist? Hilfst du mir starten?«

»Hi Konstantin, nett, dich wiederzusehen«, murmelte ich, peinlich berührt mitzubekommen, wie sich jemand über Piet lustig machte. Irgendwie komisch, dachte ich. Die Mitglieder dieser Clique, von denen man hätte meinen können, dass sie sich mochten, schienen hin und wieder leicht aggro aufeinander zu reagieren. Doch ich beschloss, mir keine weiteren Gedanken darüber zu machen, schließlich war das nicht mein Problem. Für den Moment war ich vollkommen *happy* darüber, hier zu sein und schon ein Date mit Sven zu haben. Weniger happy war ich allerdings, als mir einfiel, dass ich die Schüssel Kartoffelsalat in Piets Auto vergessen hatte.

»Kann ich bitte mal eben deinen Schlüssel haben?«, fragte ich ihn. »Der Salat steht nämlich noch im Kofferraum.«

»Und ist hoffentlich gut gekühlt, nicht dass wir uns eine Salmonellenvergiftung einfangen«, warf die Rothaarige giftig ein. Nachdem sie Sven mit irgendetwas zuge-textet hatte, musterte sie mich jetzt von oben bis unten. Zum Glück hatte ich doch noch etwas Geeignetes zum Anziehen gefunden: ein blau-weiß gestreiftes Top, abge-rissene Jeans-Shorts und einen weiß gehäkelten Poncho, der mir immer wieder über die Schulter fiel, was ziemlich sexy aussah. Jedenfalls fand das Jule, nachdem ich ihr am Nachmittag ein Selfie von meinem Outfit geschickt und sie um ihre Beste-Freundin-Meinung gebeten hatte. Nur das silberne Kettchen ums Fußgelenk hatte sie mir ausgeredet. Sie fand das irgendwie prollig.

»Keine Sorge, der Salat ist in einer Kühltasche.« Ich ging auf sie zu und gab ihr die Hand. Das rothaarige Biest sollte gleich wissen, dass ich mich nicht von ihr provozieren ließ. »Ich bin übrigens Tinka. Wir beide hat-ten ja bislang noch nicht das Vergnügen.«

»Na, ob das ein Vergnügen ist, weiß ich nicht«, erwi-derte sie, jedoch ohne mir ihren Namen zu verraten. Das übernahm netterweise das Mädchen neben ihr, eine süße Blondgelockte mit himmelblauen Kulleraugen. »Das ist Antonia, genannt Toni.« Sie deutete dabei auf Miss Rot-schopf. »Und ich bin Wienke.«

»Angehende Designerin und Kellnerin im Twisters«, er-gänzte Okke, der mit einem weiteren Typen im Schlepp-tau aufgetaucht war. »Und das ist Tom, der Neue. Er wird euch hoffentlich retten, wenn ihr in Gefahr seid.«

»Ich dachte, dafür ist Piet zuständig?«, fragte ich er-staunt, während ich Tom mit den Augen scannte. Auch er hatte den durchtrainierten Körper eines Profisportlers, raspelkurze rötliche Haare und graue Augen. Ich schätzte ihn auf Anfang zwanzig, genau wie die meisten aus der Clique. Auf den ersten Blick wirkte er nett.

»Die Rettungsschwimmer arbeiten immer im Team«, erklärte Okke.

Aus dem Augenwinkel sah ich, wie Piet Konstantin beim Start half. Unfassbar, diese ganzen Utensilien, die zum Kiten gehörten: das Board, die zehn Meter lange Leine, das Trapez, die Lenkstange, auch Bar genannt, die Safety-Leash.

Ich hatte mich ein bisschen im Netz über die Begriffe schlau gemacht, denn ich wollte heute Abend nicht als komplett ahnungslose Idiotin dastehen. Schon gar nicht vor Antonia, die mich noch immer aus zusammengekniffenen Augen beäugte. Wenn sie so weitermachte, klebten die Lider irgendwann so fest zusammen, dass sie sie nie wieder aufbekam.

»Komm, ich geh mit dir zum Auto«, bot Wienke an, was ich total nett fand. Unterwegs fragte sie mich ein bisschen aus, wollte wissen, woher ich kam und was ich auf Sylt machte. Doch ihr Tonfall klang ehrlich interessiert und nicht so, als hätte Antonia sie vorgeschickt, um mich auszuspionieren. Ob die beiden überhaupt befreundet waren?

Auf dem Rückweg zum Strand beschloss ich, in die Vollen zu gehen. »Ist Antonia Svens Freundin?«, fragte ich. Ganz egal, was Wienke jetzt über mich dachte, ich musste es einfach wissen.

»Du meinst, weil sie dir gegenüber die Giftnatter gegeben hat?«, fragte Wienke grinsend. Ich selbst hätte es nicht besser ausdrücken können, also nickte ich. »Das kann ich dir nicht so ganz genau sagen. Toni und Sven kennen sich von klein auf, ihre Familien sind miteinander befreundet. Und die hätten es gern, dass die beiden ein Paar sind oder werden. Wie das halt so ist, wenn der einen Familie eine Restaurantkette gehört und der anderen ein kleines Fischimperium.«

Oje, das klang ganz nach so einer Kiste, wie man sie aus schlechten Daily Soaps kennt. »Vor ein paar Jahren waren sie mal fest zusammen, bis ... nun ja bis ...« Unvermittelt geriet Wienke ins Stocken. »Ach, egal«, fuhr sie nach einer kleinen Pause fort. »Es ist eine dieser On-off-Beziehungskisten, von denen man nie genau weiß, was gerade Sache ist. Meist wissen es die beiden wahrscheinlich selbst nicht. Aber die große Liebe ist es nicht, zumindest nicht, was Sven betrifft.«

Danke. Das war alles, was ich hören und wissen musste. Wenn Antonia nicht wirklich mit Sven zusammen war, betrachtete ich die Regel »Finger weg vom Typen einer anderen« in diesem Fall als hinfällig. Also würde ich meine Chance nutzen, wenn ich eine bekam.

Als ich Omas Kartoffelsalat auf den Tisch neben die anderen Leckereien stellte, kabbelten sich Piet und Okke darüber, wie man am besten Tofu-Würstchen grillte. Piet war nämlich Vegetarier. In der Nähe des Grills hatte Tom Liegestühle aufgestellt und steckte gerade eine Reihe von Fackeln in den Sand. Der war immer noch warm, stellte ich fest, nachdem ich meine Schuhe ausgezogen hatte.

Wienke setzte sich auf eine Decke und schnappte sich ein Musikinstrument, das aussah wie eine Gitarre, nur viel kleiner war und irgendwie anders klang. Ich konnte es kaum erwarten, bis es anfing zu dämmern und das Licht der Fackeln für eine romantische Stimmung sorgte.

Unwillkürlich hielt ich nach Sven Ausschau.

Während Wienke ihrem wunderlichen Instrument eine hübsche Melodie entlockte, suchten meine Augen das Meer ab. Irgendwo am Horizont entdeckte ich Konstantins hellblauen Kite und kurz darauf einen grünen. War Sven etwa schon auf dem Wasser?

»Möchtest du was trinken?«, fragte Piet, der sich zu mir gesellte und ebenfalls aufs Meer schaute. Über unseren Köpfen kreisten Dutzende Vögel, teils Möwen, teils welche, von denen ich annahm, dass es die berühmten Sylter Austernfischer waren. »Es gibt Wasser, Bier, Apfelschorle und ... Bier ...«

Ich war kurz versucht, »Bier« zu sagen, verkniff es mir aber. Zum einen hatte ich noch nichts gegessen, zum anderen wollte ich nicht den Anschein erwecken, als müsste ich mich gleich als Erstes auf Alkohol stürzen. Obwohl ein Schluck Bier vielleicht meine Nervosität wegen Sven gelindert hätte.

»Dann nehme ich ein Wasser«, antwortete ich und schaute weiter versonnen aufs Meer. Doch halt, was war das?

Von wo kam das Feuer, das aussah, als würden Tausende kleiner Flammen auf den kleinen Wellen tanzen, die mittlerweile sanft auf den Strand zurollten. Ich kniff die Augen zusammen, denn ich hatte meine Brille daheimgelassen. Nicht weiter schlimm, denn meine Kurzsichtigkeit hielt sich halbwegs in Grenzen.

»Machen die da drüben ein Lagerfeuer?«, fragte ich Piet, als dieser wiederkam und mir eine kleine Flasche Wasser reichte. Er selbst hatte sich Apfelsaft geholt.

»Lagerfeuer?«, fragte er verwirrt. »Ich verstehe nicht ganz, was meinst du?«

»Da drüben, da ist doch eine Landzunge und da brennt Feuer«, entgegnete ich. Das Seltsame war nur, dass dieses Feuer unentwegt hin und her tanzte. Mal kam es näher, dann entfernte es sich wieder. Mal sah es aus, als brannte es eher rechts, dann wieder links.

»Tut mir leid, aber ich sehe nichts«, antwortete Piet. »Und da ist auch keine Landzunge, Tinka. Kann es sein, dass du eine Brille brauchst? Oder hast du heute schon wieder zu lange in der Sonne gelegen?«

Das Feuer hörte nicht auf zu brennen, sondern schien immer näher zu kommen.

Mir wurde abwechselnd heiß und kalt.

Die Totenlichter von Sylt, dachte ich für den Blitzschlag einer Sekunde, in der mein Herz beinahe aussetzte.

Die Lichter, die den baldigen Tod eines Menschen ankündigten ...

6

Flammen umloderten mich, mir war furchtbar heiß.

Fratzenartige Gesichter glotzten mich an.

Höhnisches Lachen ertönte.

Unter mir tat sich ein Schlund auf, der mich jede Sekunde zu verschlingen drohte.

Dann tauchte Svens lächelndes Gesicht vor meinen Augen auf.

Er nahm mich bei der Hand und zog mich weiter in Richtung des Flammenmeers. »Komm, lass uns tanzen«, sagte er. Piet ergriff meine andere Hand und schüttelte den Kopf. Wienke stand uns gegenüber und legte den Finger stumm auf die geschlossenen blutroten Lippen. Hinter ihr tauchte Antonia auf und trug eine Fackel, deren Licht mich blendete. Nur ein falscher Schritt und ich würde in den Abgrund stürzen. In den Höllenschlund.

Plötzlich ein Schrei. Das leise Wimmern eines Babys.

Und dann dieser Lärm.

Ohrenbetäubender Lärm, der mir beinahe den Verstand raubte ...

Ich erwachte von meinem eigenen Hilfeschrei und brauchte eine geraume Weile, bis ich begriff, dass der Lärm von meinem Wecker stammte, den ich auf sechs Uhr gestellt hatte.

In vierzig Minuten würde Sven mich abholen. Denn um Punkt sieben Uhr begann die erste Surfstunde meines Lebens.

Mein Schlafshirt war klitschnass, ebenso wie meine Nackenhaare. Ich brauchte eine Dusche, um mich zu erfrischen und die Dämonen der vergangenen Nacht abzuschütteln. Zum Glück hatte Sven gestern Abend beschlossen, mir den Unterricht in Westerland zu geben, vor dem Café Seenot. Somit hatte ich einen Tick länger schlafen können. Doch hoffentlich wurde der Name nicht gleich für mich zum Programm!

»Guten Morgen, mein Lämmchen, hast du süß geträumt?«, fragte Oma, die gerade hereingekommen war, um mir einen Tee zu bringen. Sie stellte das Tablett neben mich auf den Nachttisch, setzte sich auf die Bettkante und gab mir einen Kuss auf die immer noch feuchte Wange. Offenbar hatte ich im Schlaf nicht nur geschwitzt, sondern auch geweint. »Gut, dass du gestern pünktlich daheim warst, sonst wärst du jetzt wohl kaum fit genug, um dich aufs Surfbrett zu wagen. Bist du denn schon aufgeregt?«

»Oh ja, und ich muss außerdem dringend unter die Dusche, wenn ich Sven nicht warten lassen will.« Ich nippte an dem süßen Tee und schlug die Decke beiseite.

»Ach, ist das gar nicht der nette junge Mann von gestern Abend?«, fragte Oma, sichtlich verwirrt.

»Piet ist Rettungsschwimmer, aber kein Surflehrer«, antwortete ich und überlegte, welchen Bikini ich unter den Neoprenanzug anziehen sollte. Und was ich sonst noch alles brauchen würde, außer starken Nerven. »Ich kann ihn dir aber leider nicht vorstellen, weil er direkt nach meiner Einzelstunde einen Kurs in der Surfschule am Ellenbogen hat und sonst zu spät kommt. Und ich komme zu spät, wenn ich jetzt nicht gleich dusche.«

Außerdem stelle ich ihn euch erst vor, wenn sich mein Wunsch erfüllt, dachte ich. Oma ging wieder in die Küche hinunter und ich huschte ins Gästebadezimmer. Während ich lauwarmes Wasser über meinen Körper laufen ließ, versuchte ich, den Albtraum von vorhin abzuschütteln, indem ich an Sven dachte.

Am Abend zuvor hatten wir im Schein des Lagerfeuers gesessen, den Lauten von Wienkes stimmungsvollem Ukulele-Spiel gelauscht – so hieß das Instrument, wie ich herausgefunden hatte –, Bier getrunken und in den glitzernden Sternenhimmel geschaut. Alles hätte so schön sein können, wenn Antonia nicht jede Gelegenheit genutzt hätte, um sich in Szene zu setzen oder Sven in ein Gespräch zu verwickeln. Zu betonen, dass sie aus reichem Hause stammte (»Meine Eltern fahren Porsche *und* Ferrari. Die Winterferien verbringen wir auf Mauritius oder in Marokko ...«) und somit optimal zu Sven passte. Oder dass sie sich selbst wahnsinnig hübsch fand (»Hätte ich blonde Haare, würde man mich glatt mit dem Model Toni Garrn verwechseln, die übrigens mit vollem Namen ebenfalls Antonia heißt.«) Und mir unter die Nase zu reiben, dass ich in der Surferszene völlig fehl am Platz war, während sie sich so zielsicher auf diesem Terrain bewegte wie ich mich nur in meiner Lieblingsbuchhandlung in Berlin.

Sie würde mit harten Bandagen um Sven kämpfen, so viel war sicher.

»Na, alles klar bei dir?«, fragte Sven, nachdem ich auf dem Beifahrersitz seines Wagens Platz genommen hatte, eines nagelneuen schwarzen BMW-Cabrios. »Und, hast du deine erste Surferparty gut überstanden?«

»Ja, war super.« Ich bemühte mich, sowohl meine Nervosität als auch den Gedanken an die *Totenlichter* zu verdrängen. »Ihr seid ja alle total nett und scheint viel Spaß miteinander zu haben. Kennt ihr euch denn schon lange?«

»Bis auf Tom und Wienke eigentlich schon«, antwortete Sven, der extra aus Kampen hierher nach Morsum gefahren war, um mich abzuholen. Klar, Typen wie er wohnten im nobelsten und teuersten Ort der Insel. »Tom habe ich gestern zum ersten Mal gesehen, wie das eben bei den Saisonkräften so üblich ist, und Wienke ist erst vor zwei Jahren auf die Insel gezogen. Sie kommt ursprünglich aus Kiel.«

»Und ihr anderen kennt euch aus der Schule? Oder vom Surfen?« Ich wollte so viel wie möglich über diese Leute erfahren. In Berlin war ich nie Teil einer Clique gewesen. Ich war gern allein oder mit Jule oder anderen Freundinnen zusammen, die sich untereinander jedoch gar nicht kannten. Außerdem unternahm ich ab und zu was mit Leuten aus meiner Klasse.

»Piet, Konstantin, Antonia und ich sind zusammen aufs Gymnasium gegangen. Okke war zwei Klassen über uns, ist aber wegen unseres gemeinsamen Hobbys viel mit uns zusammen gewesen. Anfangs waren die meisten von uns ja eher aufs Windsurfen und Wellenreiten versessen, aufs Kiten haben wir uns erst später verlegt.«

»Und warum hat euch das Wellenreiten nicht genügt?«, fragte ich und betrachtete die vorbeiziehende Landschaft. Auf dem Weg nach Keitum fuhren wir an zahlreichen Koppeln vorbei, auf denen Pferde grasten. Das hätte Jule bestimmt gefallen. Von Keitum aus ging es weiter nach Tinnum, einem Gewerbegebiet nahe Westerland. »Auf Sylt gibt es zwar viel Wind, aber selten so hohe Wellen, wie man sie zum Wellenreiten braucht. Deshalb sind die meisten Wellenreiter und Surfer so heiß auf Tarifa, Brasilien oder Hawaii. Aber kiten und surfen kannst du hier auf der Insel auch gut. Genau wie in SPO. Aber da war ich lange nicht mehr.«

SPO???

»Ist SPO auch wieder so ein Begriff aus der geheimen Kitersprache, den ich noch nicht kenne?«, fragte ich, in der Hoffnung, mich nicht allzu sehr zu blamieren.

Sven lachte. »SPO ist die Abkürzung für St. Peter-Ording«, antwortete er und ich wäre am liebsten im Erdboden versunken. Gut, dass Antonia nicht dabei war, das wäre eine super Lästervorlage für sie gewesen.

Sven parkte auf einem kleinen öffentlichen Parkplatz hinter dem Café. Er nahm ein Board und zwei Kiterrucksäcke aus dem Kofferraum und gab mir einen. Er sah schwerer aus, als er in Wirklichkeit war, wie ich erleichtert feststellte.

Über die Holztreppe zwischen den mit Strandhafer bewachsenen Dünen gingen wir zum Meer. Am Strand hatten sich bereits einige Mädchen eingefunden, die in ihrem knappen Outfit Beach-Volleyball spielten. Ich bemerkte, wie Sven die halb nackten Körper der Mädels begutachtete, was mir prompt einen Stich versetzte.

Diese Insel war ein einziges Paradies für attraktive Typen auf Flirtkurs. Es wimmelte nur so von hübschen Mädchen in sexy Bikinis oder raffinierten Einteilern.

Allerdings fragte ich mich, wieso die schon um sieben Uhr morgens Volleyball spielten. Ich für meinen Teil hatte um diese Uhrzeit schon Mühe, meinen Namen zu buchstabieren. Doch die Mädels waren nicht die Einzigen, die Sport trieben: Jogger trabten am Wassersaum entlang, eine ältere Dame machte Tai Chi. Ein Mann hatte seine Angelausrüstung aufgebaut und wartete nun auf einem Klappstuhl sitzend, dass ein dicker Fisch anbiss.

Kiter breiteten ihre Schirme aus, überprüften die Ausrüstung oder machten sich mithilfe von Dehnübungen am Strand warm.

»Ganz schön was los hier am frühen Morgen«, sagte ich und war gespannt, wie es jetzt weiterging. Und wo ich mich umziehen sollte. Doch nicht etwa hier vor allen Leuten?! Und vor Sven ...

Doch ich kam zu dem Schluss, dass mir wohl gar nichts anderes übrig bleiben würde. Schließlich war das Café Seenot noch geschlossen, wie ich den Öffnungszeiten auf einer Schiefertafel am Eingang entnommen hatte. Es machte erst um elf Uhr dreißig auf. Sven hatte offenbar kein Problem damit, sich vor den Augen aller umzuziehen. Er warf seinen Rucksack in den Sand, öffnete ihn und holte den Neoprenanzug heraus. Dann entledigte er sich lässig seiner Jeans und des hellblauen T-Shirts, das seine Bräune noch mehr zur Geltung brachte. Wieder fiel mir der schneckenförmige Anhänger ins Auge, der an der Lederkette um seinen Hals baumelte. Wie es sich wohl anfühlte, seine sonnengebräunte Brust zu streicheln?

»Tinka, träumst du?«, fragte Sven und wedelte grinsend mit einem zweiten Neoprenanzug vor meiner Nase herum. Nun stand er nur in einer knappen Badehose vor mir. Er hatte wirklich einen atemberaubenden Körper – das, was man *good in shape* nannte.

»Ach, ist der für mich?«, fragte ich und hätte mich selbst ohrfeigen können. Ich benahm mich absolut kindisch.

Na bestimmt nicht für mich, denn ich trage size zero, hörte ich plötzlich Antonias hohe, zickige Stimme sagen – doch zum Glück nur in meiner Fantasie.

Mit zitternden Händen schlang ich meine Haare zum Dutt und schälte mich dann aus dem Trägerkleidchen, bis ich im Bikini dastand. Ob Sven mich hübsch fand? Wohl eher durchschnittlich im Vergleich zu den Volleyball spielenden Beach Babes. Zu blöd aber auch, dass ich so gar keinen natürlichen Drang nach Sport verspürte und obendrein einen gesunden Appetit besaß. Ich war zwar schlank, aber halt nicht wirklich trainiert.

Doch anstatt mich zu begutachten oder wenigstens anzusehen, schaute Sven auf seine Uhr: »Also, ich will ja nicht drängeln, Tinka, aber wir müssen jetzt einen Zahn zulegen, wenn ich pünktlich zu meiner nächsten Stunde kommen will.«

Binnen Sekunden steckte ich in dem grauen Neoprenanzug und hoffte, darin eine halbwegs gute Figur zu machen. Am Strand gab es keine Spiegel, also musste ich darauf vertrauen, dass ich nicht wie eine Robbe auf Landgang aussah. Ich sah im Geiste Oma missbilligend den Kopf schütteln und hörte sie sagen: *Schönheit ist nicht alles, Lämmchen. Die vergeht von selbst. Wichtig ist, was du hier drin hast* – kurzes Tippen an meine Stirn – *und hier drin* – kurzes Tippen an meine Brust. Natürlich hatte sie recht, aber momentan wollte ich nur eins: Sven gefallen und sein Herz erobern.

»So, Tinka, es geht los.« Mit diesen Worten breitete Sven den Kite auf dem Sand aus. Hui, das Ding war ganz schön groß, so aus der Nähe betrachtet.

Wenig später fand ich mich, ein wenig wackelig, auf dem Board wieder, das immer noch im Sand lag, und hatte die Lenkstange in der Hand, in der Kitersprache *Bar* genannt. Sven stand so dicht hinter mir, dass ich seinen warmen Atem in meinem Nacken spüren konnte. Seine Hüfte war gefährlich nahe an meinem Po und ich hatte große Mühe, mich auf seine Anweisungen zu konzentrieren.

»Ja, gut so, Balance halten und gerade stehen ... ja, das klappt doch schon ganz gut.« Jetzt legte Sven seine Hände auf meine, um meine Bewegungen besser dirigieren zu können. Er war immer noch so dicht hinter mir, dass ich mir vorstellte, wie es wäre, wenn er mich umschlingen und küssen würde. Sven konnte bestimmt super küssen! »Wenn wir mit dieser Lektion durch sind und du dich ein wenig mit dem Board angefreundet hast, kommt der Bodydrag dran«, fuhr Sven fort.

Bodydrag!? Was war das denn nun schon wieder? Verwirrt durch Svens körperliche Nähe, begann mein Geist, sich auszumalen, was das sein könnte ...

Sven katapultierte mich jedoch sofort wieder in die Realität zurück. »Dabei geht es aufs Meer; du lenkst den Drachen ins Windfenster und lässt dich vom Kitesegel durchs Wasser ziehen«, sagte er.

Ich wollte keinen Drachen lenken, sondern mich mit Sven knutschend im warmen Sand wälzen. Wieso arbeitete er nicht wie Okke in einem Bistro? Essen war schon eher mein natürliches Element. Doch Sven meinte es ernst mit seiner Lektion: »So, jetzt ab ins Wasser mit dir. Leg dich auf den Bauch, halt dich am Trapez fest und versuch, den Kite hinter dir herzuziehen.«

Oh nee! Hilfe, wie kam ich aus der Nummer wieder heil heraus? Was für eine Krankheit konnte ich jetzt vortäuschen? Übelkeit, Grippe, Fieber, Ohnmacht?!

Doch dann dachte ich an Antonia und daran, dass sie mal Svens Freundin gewesen war und alles dransetzte, ihn wieder herumzukriegen. Sven stand auf coole Surferbräute, also musste ich da jetzt wohl oder übel durch.

»Alles klar, kann losgehen«, antwortete ich und stürzte mich in die Fluten, die Leinen des Kites in der Hand. Sven hielt sich währenddessen an meinem Trapez fest, einer Art Hüftgürtel, sodass wir beide schnell durchs Wasser gezogen wurden. Auch jetzt klebten wir so dicht aneinander, dass kaum ein Blatt Papier zwischen uns passte. Doch dann kam eine Welle, ich verschluckte mich und wurde von einem starken Strudel nach unten gezogen. Augenblicklich verlor ich die Orientierung und wusste nicht mehr, wo oben und wo unten war. Helle Panik ergriff mich. Kurz gelang es mir, an die Wasseroberfläche zu schnellen wie eine Boje, doch dann zog mich die heimtückische Strömung mit aller Macht wieder nach unten ...

Oh mein Gott, ich würde sterben ...

Warum half mir keiner?

Was hatte ich getan, dass ich so etwas Grauenvolles erleben musste?

Das Nächste, was ich nach einer Zeit, die ich in einer Art Dämmerzustand verbracht hatte, wahrnahm, waren Svens warme Lippen, die sich auf meine pressten.

Er hielt mich im Arm, wiegte mich wie ein kleines Kind und hatte Tränen in den Augen. »Sag, dass es dir gut geht, Tinka«, sagte er in flehentlichem Tonfall, sodass es mir beinahe das Herz zerriss. »Bitte bleib bei mir, Tinka, bleib bei mir!«

7

Ich war immer noch vollkommen benommen und stand unter Schock. Svens Stimme schien von weit, weit her zu kommen.

Oder träumte ich das alles etwa nur?

»Tinka, nun sag doch bitte was!«, hörte ich seine Stimme jetzt so deutlich, dass ich beschloss, die Augen zu öffnen, so schwer es mir auch fiel.

»Na endlich!« Sven umarmte mich so fest, dass ich husten musste. Dabei spuckte ich ein bisschen Wasser aus, wie peinlich. Überhaupt war mir das Ganze irre peinlich, auch wenn das hieß, dass ich zum Glück nicht ertrunken war. Das war ja echt ein gelungener Auftakt: Kaum stand ich auf dem Board, schon ging ich unter dramatischen Umständen unter wie ein Stein im Wasser, obwohl ich schwimmen konnte.

»Ich glaube nicht, dass ich die geborene Surferin bin«, sagte ich, als ich nach einem erneuten Hustenanfall wieder einigermaßen Luft bekam. Sven hielt mich immer noch im Arm. Wir saßen nebeneinander im Sand, zum Glück unbeachtet von den anderen Sportfreaks um uns herum. Ich bemühte mich, meinen erhöhten Pulsschlag und das Zittern in den Beinen langsam unter Kontrolle zu bekommen. *Immer schön gleichmäßig ein- und wieder ausatmen ...*

»Es gibt andere Dinge, die wir gemeinsam machen können«, flüsterte Sven mit rauer Stimme.

Weniger dramatische Umstände wären mir zwar lieber gewesen, aber das Gefühl, von Sven gehalten zu werden und zu spüren, dass er mich mochte, war einfach großartig. Und hey! Nun hatte ich die perfekte Ausrede, um nicht noch einmal aufs Board zu müssen.

»Mensch, bin ich froh, dass dir nichts passiert ist. Dass du nicht wie ...« Sven konnte den Satz nicht mehr vollenden, weil plötzlich Antonia vor uns stand. Und zwar diesmal leibhaftig und nicht nur in meiner Fantasie.

»Hallo, ihr zwei Turteltäubchen«, zischte sie. »Störe ich?«

Sven ließ mich abrupt los und ich betete inständig, dass ich mit den klitschnassen Haaren und dem Neoprenanzug keine allzu peinliche Figur abgab.

»Was gibt es denn?«, fragte Sven genervt.

»Ich wollte nur wissen, ob es bei unserer Verabredung heute Abend bleibt. Du wolltest mich doch zur Eröffnung unseres neuen Restaurants begleiten. Deine Eltern kommen auch.«

Ich rappelte mich auf, tupfte mir mit dem Handtuch das Gesicht ab und löste den Knoten, damit meine Haare schneller trockneten.

Während ich mich aus dem Anzug schälte und mir mein Kleid überstreifte, war mir immer noch ein bisschen schwindelig.

»Na klar bleibt es dabei«, antwortete Sven, klang jedoch alles andere als begeistert. »Du weißt, dass ich meine Versprechen immer halte. Aber um mich das zu fragen, hättest du auch eine SMS schicken können.«

Bravo Sven, gut gekontert!

»Das habe ich auch gemacht, aber du hast nicht reagiert«, sagte Antonia mit zu Schlitzen verengten Augen. »Also gut, dann bis heute Abend um acht.« Mit diesen Worten machte sie auf dem Absatz kehrt und stöckelte hoch erhobenen Kopfes in Richtung Promenade davon, wobei sie einmal kurz umknickte, sich aber rasch wieder fing.

»Was ist das eigentlich für ein Anhänger?«, fragte ich, um die Anspannung zu überspielen, und deutete auf Svens Kette. Sven schien einen Moment zu brauchen, bis er meine Frage verstand. Dann antwortete er: »Der Anhänger stammt von den Maori aus Neuseeland und stellt einen jungen Farntrieb dar. Die Spirale symbolisiert die Öffnung für ein neues Leben und die Reinheit der Welt. Ich habe ihn mir vor zwei Jahren gekauft, nachdem etwas Schreckliches passiert war und ich in einer tiefen Krise steckte.«

Nachdem etwas Schreckliches passiert war ...

Das klang wirklich nach einem dramatischen Ereignis. Hatte Sven deshalb Tränen in den Augen gehabt, als er vorhin flehte: *Bitte bleib bei mir?* Hatte er vor zwei Jahren einen Menschen verloren, der ihm wichtig gewesen war? Den er womöglich sogar geliebt hatte?

Mit Schaudern dachte ich an die Lichter, die ich am Vorabend über das Wasser hatte tanzen sehen.

Und ich wäre vorhin um ein Haar ertrunken.

Im nächsten Moment erkannte ich, dass mittlerweile eine Fahne mit der Warnung BADEN VERBOTEN gehisst worden war, und begann zu zittern.

Sven nahm mich erneut in den Arm und presste mich an seine Brust. Dann streichelte er mir sanft über den Kopf und murmelte: »Du weißt gar nicht, wie froh ich bin, dass dir nichts passiert ist, Tinka. Keine Ahnung, wieso die Strömung auf einmal so stark war. Ich wäre niemals mit dir aufs Wasser gegangen, wenn ich das gewusst hätte. Kannst du mir bitte verzeihen?«

Der verzweifelte Tonfall in seiner Stimme rührte mich zutiefst. Und obwohl ich immer noch vor Angst zitterte, kam ich nicht umhin, mich zu freuen, dass ich Sven augenscheinlich etwas bedeutete.

»Sag mal, musst du nicht los?«, fragte ich, um uns beide wieder auf den Boden der Tatsachen zurückzubringen. »Deine nächsten Schüler warten doch bestimmt schon.«

Sven schaute auf seine wasserdichte Armbanduhr und ließ mich behutsam los.

»Wenn es für dich okay ist, bringe ich dich jetzt heim zu deinen Großeltern und fahre dann weiter Richtung Ellenbogen.« Dann stand er auf und rollte meinen Neoprenanzug zusammen, den ich achtlos auf den Boden geworfen hatte und der nun über und über mit Sand bedeckt war. Ich überlegte: Wollte ich jetzt wirklich nach Morsum zurück? Nun, da ich schon in Westerland war, könnte ich ebenso gut ein wenig bummeln, beschloss ich.

Außerdem brauchte ich dringend ein wenig Ablenkung.

»Mir wäre es lieber, wenn du mich vielleicht in der Nähe der Friedrichstraße absetzen könntest, wenn das okay für dich ist?« Am liebsten hätte ihn gefragt, wann wir uns wiedersehen würden. Doch das wäre natürlich uncool gewesen und ich wollte ihm auf gar keinen Fall das Gefühl geben, dass ich ihm hinterherlief.

»Na klar, kein Problem.« Sven raffte unsere Sachen zusammen und stapfte dann mit mir die Treppe zum Parkplatz hinauf. Als wir am Café Seenot vorbeikamen, dachte ich mit Schaudern daran, dass dieser Ort an diesem Morgen seinen Namen alle Ehre gemacht hatte. Doch als Sven wissen wollte, was ich am nächsten Abend vorhatte, war der trübe Gedanke wie weggeblasen.

»Hast du Lust, ein bisschen mit mir herumzufahren?«, fragte er und ich konnte mir momentan nichts Schöneres vorstellen, als zusammen mit ihm in seinem Cabriolet über die Insel zu düsen.

»Na klar!«, antwortete ich, bemühte mich aber, möglichst neutral zu klingen.

»Schön! Dann hole ich dich morgen um sieben ab«, sagte Sven, während er mich an der Sparkasse an der Ecke Paulstraße aussteigen ließ. »Und – Tinka?!«

Ich hob den Kopf. »Ja?« Mein Herz pochte wie wild.

»Pass bitte auf dich auf, okay?«

»Keine Sorge, so schnell wage ich mich nicht mehr in die Nähe von Wasser, abgesehen von der Dusche oder Badewanne ...« Es gefiel mir, dass er sich um mich sorgte. »Also, mach's gut. Bis morgen.«

Nachdem Sven weitergefahren war, stand ich einen Moment unschlüssig an der Kreuzung Friedrich- und Paulstraße.

Ob Okke und Wienke um diese Uhrzeit im Twisters waren?

Um mit der Verwirrung, die dieser Morgen für mich

gebracht hatte, nicht allein sein zu müssen, beschloss ich, ihnen einen Besuch abzustatten. Vielleicht konnte ich einem von beiden sogar entlocken, was Sven so Schlimmes passiert war. Wenn ich das wüsste, dachte ich, könnte ich ihn bestimmt besser verstehen.

Umso mehr freute mich, als ich Wienke antraf, die gerade dabei war, die Tafel mit der aktuellen Speisekarte vor die Tür zu stellen.

»Moin Tinka, das ist ja eine nette Überraschung«, sagte sie. Wieder einmal stellte ich fest, wie sehr ich dieses *Moin* mochte. Es klang fröhlich, herzlich und nett. »Hast du Hunger?« Beschämt bemerkte ich, dass ich trotz des Schocks von vorhin Appetit hatte.

Wie aufs Stichwort knurrte mein Magen.

»Wie wär's mit Crêpes – süß oder herzhaft, je nach deinem Geschmack?«, schlug Wienke vor. »Es sei denn, du bist schon in der Lage, einen Burger zu verdrücken.«

»Um Gottes willen, nein, dafür ist es zu früh!« Ich entschied mich für eine Crêpe mit Erdnussbutter und schwarzen Tee. Während ich zusah, wie Wienke eine Schüssel mit hellem Teig aus der Küche holte und ihn mithilfe einer Kelle und einem Holzstäbchen auf einem Crêpes-Eisen verteilte, überlegte ich, wie ich mich möglichst unauffällig an das Thema Sven heranpirschen konnte.

Doch Konstantin unterbrach meine Grübeleien, als er hereingeschneit kam und bei Wienke einen starken Kaffee orderte. »Heute nicht genug Wind?«, fragte sie und wendete fachmännisch meine Crêpe, während der Kaffee durch die Maschine lief.

»Eher das Gegenteil.« Konstantin lächelte mir flüchtig zu. »Soeben ist Badeverbot erteilt worden. Ich versuche es später noch mal am K4 oder am Möwennest. Schätze, Piet hat heute alle Hände voll zu tun, die Kids, die sich nicht ums Badeverbot scheren, vor dem Ertrinken zu bewahren.«

Das war genau das Stichwort, auf das ich gewartet hatte, und ich sagte: »Das wäre mir vorhin auch fast passiert, als ich mit Sven unterwegs war.« Sofort hefteten sich zwei neugierige Augenpaare auf mich. »Beim Bodydrag hat mich eine starke Strömung erfasst und ich wurde tief unter Wasser gezogen ... ich hab mächtig Schiss gehabt, wenn ich ehrlich bin. Und Sven ging es offenbar genauso. Er hat danach ziemlich wirres Zeug geredet und war total von der Rolle.«

Wienke dirigierte mich an einen der Tische und stellte dort den Teller mit der Crêpe ab. »Das kann ich mir vorstellen«, murmelte sie und wechselte dann einen bedeutungsvollen Blick mit Konstantin.

Ich beschloss, aufs Ganze zu gehen: »Kann es sein, dass Sven mal irgendwas Schlimmes erlebt hat?«, fragte ich. »So vor ungefähr zwei Jahren? Er hat mir von der Bedeutung seines Anhängers erzählt, hat so komische Andeutungen gemacht und war total verstört, weil ich beinahe ertrunken wäre.«

Wienke öffnete den Mund, schloss ihn aber wieder und wandte sich dann an Konstantin. Der nickte einfach nur, woraufhin Wienke sich wieder zu mir umdrehte.

»Okay, ich erzähle dir jetzt mal, was Sven passiert ist, denn du erfährst es ja doch irgendwann ...« Mein Herz pochte mittlerweile so stark, dass ich fürchtete, es könnte zerspringen. »Sven hat vor zwei Jahren seine große Liebe auf dem Wasser verloren. Bei einem Kiteunfall.«

»Oh, mein Gott«, antwortete ich, während die Worte *seine große Liebe* in mir nachhallten, »das ist ja schrecklich. Kein Wunder, dass er vorhin so von der Rolle war.«

Bevor ich nach den genaueren Umständen des Unglücks fragen konnte, kam eine Gruppe von zehn Leuten ins Lokal, die Wienkes ganze Aufmerksamkeit forderten. Da ich keinen von ihnen kannte und Konstantin abwechselnd in der Zeitschrift *Kite* blätterte und immer wieder hektisch die Windfinder-App checkte, beschloss ich, schnell aufzuessen und dann wie geplant bummeln zu gehen. Nachdem ich bezahlt und mich von Wienke verabschiedet hatte, rief ich Jule an.

Ich musste jetzt dringend mit jemandem über Sven reden.

»Das ist ja krass!«, sagte sie, als ich sie erreichte und ihr von meinen abenteuerlichen Erlebnissen erzählt hatte. »Da passt man mal ein paar Tage nicht auf dich auf und schon ertrinkst du beinahe. Bist du dir sicher, dass dieser Sven wirklich gut für dich ist? Ich meine, er sollte doch als erfahrener Surfer und Lehrer wissen, wo die gefährlichen Strömungen lauern. Und was ist das für eine fiese Story mit seiner Ex? Nee, Tinka, irgendwie gefällt mir das Ganze nicht. Lass mal lieber die Finger von dem.«

»Es ist ja nichts wirklich Schlimmes passiert«, versuchte ich, Jule zu beruhigen. »Sven war doch selbst total schockiert. Morgen Abend machen wir eine Rundfahrt über die Insel. Vielleicht gelingt es mir da, ihm ein bisschen was über die Sache mit seiner damaligen Freundin zu entlocken. Und wie läuft's bei dir? Was macht Kay?« Beim Stichwort Kay war Jule nicht mehr zu stoppen. Schon hatte sie vergessen, dass sie mir eben noch Sven hatte ausreden wollen. Sie war bis über beide Ohren verliebt und konnte von Glück sagen, dass Kay ebenso ein Pferdenarr war wie sie. Nach einer gefühlten halben Stunde, in der es nur hieß *Kay hier* und *White Beauty da,* war ich froh, dass Jule losmusste, weil sie einen Termin mit dem Hufschmied hatte.

Immer noch ein bisschen benommen und verwirrt schlenderte ich die Friedrichstraße entlang und schaute mir die Schaufensterauslagen an. Schade, dass ich so knapp bei Kasse war, sonst hätte ich mir das ein oder andere tolle Stück glatt gekauft. Nachdem ich mich eine Weile hatte treiben lassen, fand ich mich plötzlich in der Elisabethstraße wieder.

Hm, wo hatte ich diesen Namen neulich gehört?

Als ich ein Stückchen weiterging, sah ich eine weiße Pforte, auf deren Schild *Heimatstätte für Heimatlose* stand. Das war also der Friedhof, von dem Opa mir neulich erzählt hatte. Erneut bekam ich Gänsehaut und rang mit mir: Sollte ich hineingehen oder lieber nicht? Eigentlich hatte ich heute schon Aufregung genug gehabt. Doch irgendetwas zog mich magisch an, ich konnte gar nicht anders, als die Pforte zu öffnen.

Wie Opa gesagt hatte, reihten sich zahllose grasbewachsene Gräber mit schlichten Holzkreuzen aneinander. Etliche waren von blutroten Rosen umrankt. Außer mir waren noch ein älterer Herr und eine Frau da, die mir jedoch beide den Rücken zukehrten.

Mittlerweile waren Wolken am Himmel aufgezogen. Der Mann knipste Fotos, die Frau kniete vor der Gräberreihe, aber an einem Platz, an dem kein Kreuz stand, und legte einen Strauß weißer Lilien und roséfarbener Rosen aufs Gras. Gedankenverloren ging ich ein wenig umher und las die Inschriften, die mit weißer Farbe auf die Kreuze geschrieben waren. *Hörnum, 24.8.1895,* stand auf einem. Hörnum, der Ort der Hexen ...

Unvermittelt ertönte über mir ein markerschütterndes *Kraraaaa.* Eine Krähe zog fortwährend ihre Kreise über der Ruhestätte der Toten, als behielte sie die Besucher im Auge. Der Himmel verdunkelte sich noch mehr, es wurde merklich kühler.

Als es anfing zu tröpfeln, beschloss ich zu gehen. Im selben Moment drehte sich die Frau um und schaute mich an.

Wieder draußen auf der Straße, hätte ich nicht sagen können, wie sie ausgesehen hatte. Das Einzige, woran ich mich erinnern konnte, war, wie sie mich angestarrt hatte: voller Entsetzen, Abscheu – und Hass.

8

Und, was hast du heute Schönes vor?« Opa Eycke setzte sich zu mir an den Tisch. Inken und er waren natürlich wieder eine ganze Weile vor mir aufgestanden und hatten schon längst gefrühstückt. Oma war schon nach Tinnum gefahren, um ihren wöchentlichen Großeinkauf zu erledigen. »Wenn du magst, könnten wir etwas zusammen unternehmen«, sagte Opa.

Bevor ich fragen konnte, was ihm vorschwebte, klingelte es an der Haustür. Opa stand auf, um zu öffnen. »Nanu? Wer schickt Inken denn ein Paket?«, fragte er, nachdem er sich vom Postboten mit den Worten »Wir schnacken heute Abend beim Kartenspielen im Nes Pük weiter« verabschiedet hatte.

Ich sprang auf. »Oh, darf ich mal sehen?«, fragte ich. »Oma hat nämlich was für mich bestellt.« Wenn es das Meerjungfrauen-Sweatshirt war, war mein Klamottenproblem für heute gelöst. Eycke reichte mir das Paket und ich warf einen kurzen Blick auf den Absender. Ja, es war die Sendung, die ich so sehnsüchtig erwartet hatte! Ungeduldig riss ich das Paket auf.

Opa beobachtete mich mit einem amüsierten Lächeln. »So hast du es als Kind zu Weihnachten auch immer gemacht«, sagte er. »Du warst so ungeduldig, dass du alle deine Geschenke innerhalb von Sekunden aufgerissen hattest. Dabei hatte sich Inken vorher immer so 'ne Mühe mit dem Einpacken gegeben.«

Ich lachte. »Yes!«, rief ich dann aus und hielt mir das flauschig weiche Shirt an den Körper. Es war genau so, wie ich es mir erträumt hatte.

Und genau das richtige Outfit, um Sven heute Abend bei unserer Spritztour zu beeindrucken.

Opa las den Spruch mit den Meerjungfrauen, die ihre Geheimnisse ins Meer warfen, und schmunzelte. »Das ist ja lustig«, sagte er. »Und dieses Graublau steht dir wirklich gut. Passt zu deinen hellen Haaren. Aber bist ja sowieso 'ne Hübsche.«

In diesem Moment kam Oma, mit Tüten bepackt, herein. Ich nahm ihr einen Teil der Einkäufe ab, stellte sie auf den Boden und fiel ihr dann um den Hals.

»Vielen, vielen Dank für das tolle Geschenk!«, sagte ich und gab ihr einen Kuss auf die Wange.

»Ein Geschenk, soso?!«, sagte Opa mit hochgezogener Augenbraue. »Du hast doch gar nicht Geburtstag.«

Nein, hatte ich nicht, aber ich fühlte mich ein bisschen so, als ich am frühen Abend mit Sven Richtung Rantum über die Insel brauste. Zum Glück schien nach dem gestrigen Wetterumschlag wieder die Sonne. Geradezu perfekt für eine Cabriotour.

»Wo fahren wir denn hin?«, fragte ich, während der Wind meine Stimme über die Landschaft trug, die schnell an uns vorüberzog. Sven gehörte definitiv nicht zu den Autofahrern, die sich an Tempolimits hielten.

»Ich dachte, ich zeige dir erst mal den K4, meinen Lieblingsspot ...«, sagte Sven und meine gute Laune sank ein bisschen. Och nee – hatte er wirklich nur Surfen im Kopf? »... und dann habe ich noch eine Überraschung für dich, die dir bestimmt gefallen wird«, fuhr er fort und lächelte dabei so triumphierend, dass meine Fantasie augenblicklich Purzelbäume schlug.

Woher wollte Sven wissen, was mir gefiel?, fragte ich mich. Er kannte mich doch gar nicht ...

Auf der langen Fahrt nach Rantum konnten wir uns kaum unterhalten, da der Wind uns um die Ohren blies. Als rechter Hand ein großer Parkplatz in Sicht kam, bog Sven ab.

»So, da sind wir. Von da oben hat man eine grandiose Aussicht aufs Meer«, sagte er und deutete auf den schmalen Weg, der sich durch die grasbewachsenen Dünen schlängelte. Wir gingen nebeneinander zu einer militärisch anmutenden Aussichtsplattform. Zwei Satellitenschüsseln waren auf einem riesigen grauen Ding befestigt, das aussah wie ein Container und umzäunt war. Die antennenartige Konstruktion stand in befremdlichem Kontrast zur wilden Dünenlandschaft mit den blühenden knallpinken Sylter Heckenrosen. Unter uns ging es steil bergab zum Meer, das ziemlich aufgewühlt war.

»Sieht aus, als würde jemand Außerirdische anlocken wollen«, witzelte ich. Besonders romantisch fand ich diesen Ort nicht und war ein bisschen enttäuscht. Wieso hatte Sven mich hierhergebracht?

»Oder Schornsteinfeger«, antwortete Sven grinsend und deutete auf einen schneeweißen VW-Bully, der gerade den Weg hochgefahren kam, ohne dass der Fahrer sich darum scherte, dass hier keine Autos erlaubt waren. Ich schmunzelte, als ich sah, dass auf dem Dachgepäckträger sowohl ein Surfbrett als auch eine ausziehbare Leiter verschnallt waren.

Am Steuer saß, einen schwarzen Zylinder auf dem Kopf, ein Mann, der uns freundlich anlächelte und dann das Fenster runterkurbelte.

»Na? Wollen Sie wellenchecken?«, fragte Sven.

»Genau«, antwortete der Kaminkehrer und ließ seinen prüfenden Blick erst über mich, dann über Sven und schließlich über das Meer schweifen. »Aber wie es aussieht, scheine ich heute kein Glück zu haben. Vielleicht versuche ich's besser am Möwennest.«

»Als Schornsteinfeger müssten Sie doch eigentlich immer Glück haben«, warf ich ein. Ob ich ihn mal anfassen und mir was wünschen durfte?

»Nein, leider eher selten, aber ich kann welches bringen.« Der Mann kramte in der Tasche seiner doppelreihigen schwarzen Weste und winkte mich zu sich ans Fenster.

»Gib mir mal deine Hand«, sagte er und ich fragte mich, ob er aus ihr lesen wollte. Doch statt mir etwas über meine Zukunft zu verraten, gab er mir eine blank polierte, golden glitzernde Münze, auf deren beiden Seiten ein vierblättriges Kleeblatt geprägt war. »Das soll dir Glück bringen, min Deern!« Er ließ den Motor wieder an und wendete den Bully, ohne sich von uns zu verabschieden oder eines weiteren Blickes zu würdigen. Verwundert hielt ich die Münze in der Hand und schaute dem Wagen hinterher. Als er aus meinem Blickfeld verschwunden war, glaubte ich fast, diese Begegnung geträumt zu haben.

»Muss ich jetzt beleidigt sein, weil er nur dir eine geschenkt hat und mir nicht?« Sven sagte es zwar in spaßigem Ton, wirkte aber mit einem Mal irgendwie bedrückt.

Wir standen dicht nebeneinander an der Umzäunung und schauten auf das weite Meer, das in den schier endlosen Himmel überzugehen schien.

»Ach Quatsch«, antwortete ich und bemerkte plötzlich in der Ferne etwas, das in den Wellen auf und ab schnellte.

Wie eine Boje ... oder ein Kopf ...

Verwirrt kniff ich die Augen zusammen, denn natürlich hatte ich wieder meine Fernbrille zu Hause gelassen und nur die Ray-Ban dabei. Die sah zwar cool aus, half mir bei meiner Kurzsichtigkeit aber auch nicht weiter. »Was würdest du dir denn wünschen, wenn du einen Wunsch frei hättest?«, fragte ich. Seit dem Auftauchen des Schornsteinfegers hatte ich das Gefühl, dass sich zwischen uns etwas verändert hatte. Sven schien ungewohnt nachdenklich, seine Augen hatten etwas Trauriges, Dunkles ... und er schien ganz weit weg zu sein. Während die Boje oder was es war – womöglich war es sogar ein Seehund oder ein Schweinswal? – immer noch auf dem Meer auf und ab hüpfte, klingelte Svens Handy. Er schaute kurz aufs Display, sagte genervt: »Och nee, nicht schon wieder Antonia«, und drückte den Anruf weg.

In diesem Moment sah ich es erneut nach oben schnellen und war mir sicher, dass es ein Kopf war und dann eine Hand, die winkte.

»Sven, schau, da ist jemand im Wasser. Sieht aus, als bräuchte er Hilfe!«, rief ich, mit einem Mal in Panik. Fieberhaft überlegte ich, wie lange es dauern würde, bis die Rettungswacht hier wäre.

»Wo denn? Ich sehe nichts?« Sven schaute nun ebenfalls mit zusammengekniffenen Augen in die Richtung, in die ich deutete.

»Dort, etwas weiter rechts!«, rief ich verzweifelt.

»Sorry, aber ich sehe nichts. Absolut nichts«, antwortete Sven mit unbeteiligter Miene.

Oh Mann, warum sah er nicht, was ich sah? Das war doch nicht möglich. Wer von uns beiden war jetzt neben der Kappe?

»Aber ich kann Piet gern mal eben anrufen, wenn dich das beruhigt. Ich glaube er hat heute Dienst in Hörnum, das ist nicht so weit weg.«

Doch mittlerweile hatte ich selbst den Kopf aus dem Blickfeld verloren und begann, an mir und meiner Wahrnehmungsfähigkeit zu zweifeln.

»Nein, lass mal lieber, ich habe mich wahrscheinlich geirrt«, sagte ich unsicher. Hatte ich mir das Ganze vielleicht nur eingebildet? Genau wie die Geschichte mit den Lichtern in Königshafen neulich Abend? Vermutlich sollte ich mir mal angewöhnen, immer meine Brille mitzunehmen – oder einfach die Klappe zu halten, wenn ich als Einzige merkwürdige Dinge sah. Irgendwann würden die von der Clique noch denken, ich sei ein bisschen wirr im Kopf.

»Ehrlich, Tinka, ich sehe nichts. Dann lass uns mal weiterfahren oder was meinst du?«

Ich murmelte meine Zustimmung und war froh, als wir den K4 hinter uns gelassen hatten.

Während der Fahrt umklammerte ich die Glückskleemünze, als könnte sie mir das Gefühl der Beklemmung nehmen, das mich noch immer fest im Griff hatte. Und als hätte sie die Macht, das bedrückende Schweigen zwischen Sven und mir zu beenden. Ohne auch nur ein einziges Wort zu wechseln, fuhren wir auf der Hörnumer Straße in Richtung Rantum weiter, und ich war heilfroh, als endlich rechts von uns die Flagge mit der Aufschrift *Sansibar* am Straßenrand auftauchte.

Mein Herz tat vor Freude einen kleinen Hüpfer.

Ich kannte das Promirestaurant vom Hörensagen. Hatte Sven vielleicht vor, hier mit mir zu Abend zu essen?

»Hast du Lust auf einen kleinen Abstecher in die Sansi?«, fragte Sven auch prompt und fuhr auf den Parkplatz, auf dem ein schickes Auto neben dem anderen stand. Ich dachte an den alten Wagen meiner Eltern und wie der sich neben all den Porsches und Ferraris ausnehmen würde.

»Nichts lieber als das. Aber lassen die mich da auch so rein?« Ich strich mir über das Shirt mit dem Meerjungfrauenspruch und schaute zweifelnd auf meine an den Knien durchlöcherte Jeans.

Svens Gesicht erhellte sich merklich. »Was ist das denn für eine Frage? Du siehst bezaubernd aus. Komm, ich kann es kaum erwarten, mit dir anzugeben.«

Ermuntert durch Svens Worte, folgte ich ihm zur Sansibar, wo er an der Tür vom Wirt persönlich begrüßt wurde. Eine sympathische, burschikose Kellnerin führte uns zu einem Fensterplatz. Draußen wie drinnen war jeder einzelne Tisch bis auf den letzten Stuhl besetzt.

Ich verrenkte mir beinahe den Hals auf der Suche nach irgendjemandem, den ich aus den einschlägigen Promi-Magazinen kannte.

»Du bist wohl öfter hier, oder?«, fragte ich, nachdem wir einander gegenüber Platz genommen hatten. Sven nickte und reichte mir die Karte mit dem umfangreichen Weinangebot, für das die Sansibar berühmt war.

»Du bist natürlich eingeladen«, sagte er. »Und wenn ich dir einen kleinen Tipp geben darf: Iss nicht so viel von den Vorspeisen, die gleich serviert werden, sonst bist du pappsatt und hast keinen Appetit mehr auf den Haupt-gang und das Dessert.«

Während ich die Speisekarte studierte, fiel mir Antoni-as Anruf von vorhin wieder ein.

»Wie war denn die Eröffnung des neuen Restaurants?«, fragte ich, weniger aus echtem Interesse, sondern weil ich gespannt war, was Sven mir über den Abend zu be-richten hatte.

»Ach, nicht der Rede wert«, sagte er abwinkend, ohne den Blick auch nur eine Sekunde von der Karte zu lö-sen. »Die üblichen Sylter Schickimickis, B-Promis und Filmsternchen, die zur Eröffnung jeder Fischkonserve kommen würden, wenn sie dafür ein Foto in der Zeitung kriegen.«

»Und wieso bist du dann hingegangen, wenn du solche Events doof findest?«

Endlich hob Sven seinen Blick und seine Augen waren auf einmal kalt. »Weil man es von mir erwartet. Antonias Eltern und meine wünschen sich nichts sehnlicher, als dass sie und ich wieder zusammenkommen.« Aua! Sofort verspürte ich wieder einen Stich in der Magengegend. »Das ist so typisch für Sylt: Es geht immer nur um Kohle und geschäftliche Kontakte. Gefühle sind da eher zweitrangig ...«

»Was hätten eure Familien denn davon, wenn ihr beide ein Paar wärt?«, fragte ich, während ich gegen die miese Laune ankämpfte, die sich gerade an mich heranschlich wie ein Raubtier. »Ich meine, ihr seid schließlich keine Royals, die Erben in die Welt setzen und die Monarchie erhalten müssen. Und im neunzehnten Jahrhundert leben wir auch nicht mehr!«

Sven seufzte schwer und schaute gedankenverloren aus dem Panoramafenster. Vor unseren Augen wogte silbergraues Dünengras sanft im Wind. Im Hintergrund glänzte die Halbmondsichel wie auf einem Gemälde. Dies war ein viel zu schöner Ort, um solche Gespräche zu führen. Ich ärgerte mich bereits darüber, dass ich dieses Thema überhaupt angeschnitten hatte. Andererseits: Je eher ich wusste, was zwischen Antonia und Sven wirklich war, umso besser!

»Meinen Eltern gehört ein kleines Fischimperium, die Nummer zwei nach Gosch, und Antonias Eltern eine Kette von Restaurants in Strandnähe. Und da haben sich unsere Eltern in den Gedanken verliebt, wie schön es wäre, wenn sich unsere Familien zusammentäten. Nur sehe ich das ganz anders. Ich möchte nämlich weiter im

Profisport bleiben und habe nicht die geringste Lust, in unser Family-Unternehmen einzusteigen. Kiten ist mein Leben, nicht Fische verkaufen.«

Während die Kellnerin die Vorspeisen und eine Flasche Mineralwasser brachte, ließ ich seine Worte auf mich wirken.

»Für mich bitte noch eine kleine Flasche Sancerre und für meine Begleitung eine Rhabarberschorle«, sagte Sven und bestellte dann unsere Hauptspeisen.

»Warum bedeutet dir das Kitesurfen eigentlich so viel?«, fragte ich. Abgesehen davon, dass mich das wirklich interessierte, war ich froh, das Thema wechseln zu können. Und Sven offensichtlich auch. Ein Lächeln erhellte sein Gesicht, das seine Züge sanft und weich erscheinen ließ.

»Das ist gar nicht so einfach zu erklären ...«, begann er, sichtbar nach Worten ringend. »Ich liebe diesen Sport eben einfach über alles. Kiten ist wie eine Sucht, wie eine ... Droge ... keine Ahnung, woher das kommt, aber ich hatte schon als Kind das Gefühl, aufs Wasser zu müssen. Das ist voll mein Ding. Das ist meine Bestimmung!«

Ich wusste nicht so recht, was ich von Svens Antwort halten sollte, kam sie mir doch ein bisschen unheimlich vor. Noch nicht mal Jule, die größte Pferdenärrin überhaupt, wirkte je so versessen, wenn sie vom Reiten sprach.

Oder war in diesem Fall besessen das passendere Wort?

Ich hatte jedoch keine Zeit, weiter darüber nachzudenken, denn die Kellnerin kam mit den Getränken an unseren Tisch.

Und mit einem Mal brannte die Luft, ohne dass ich später hätte sagen können, wieso.

»Ich habe Sancerre bestellt und keinen Chablis«, herrschte Sven die Kellnerin in einem Ton an, der mir durch Mark und Bein ging.

»Tut mir leid, das war ein Versehen. Ich bringe sofort eine neue Flasche«, entschuldigte sie sich und ich sah, dass sie zitterte.

»Ich bitte darum«, antwortete Sven mit grimmigem Gesichtsausdruck. »Ist ja nicht zu fassen, dass Sie nicht in der Lage sind, einen Chablis von einem Sancerre zu unterscheiden.« Als die Kellnerin weg war, fügte er hinzu: »Was hat so eine Niete im Service zu suchen?!«

Mit einem Mal kam ich mir vor wie im falschen Film. Ich fragte mich, ob das der übliche Tonfall eines verwöhnten reichen Söhnchens der Sylter High Society war oder ob Sven eine Seite hatte, die ich gerade erst kennenlernte. Beides gab mir zu denken und ich wünschte, ich hätte das Ganze nie erlebt.

Diese Verabredung läuft leider überhaupt nicht wie erträumt, dachte ich innerlich seufzend, ergab mich dann aber in mein Schicksal. Wenn ich Sven meine Meinung sagte, würde er unter Garantie noch aggressiver werden.

Was für ein blöder Abend!

9

Moin, du kleine Schlafmütze!«

Benommen rieb ich mir die Augen und rollte mich zur Seite. Hinter den geschlossenen Lidern konnte ich erkennen, dass es in meinem Zimmer hell wurde; offenbar hatte Opa Eycke die Vorhänge beiseitegezogen. »Sag mal, bist du krank oder was ist heute mit dir los? Es ist gleich halb elf.«

Halb elf?!

»Moin, Opa«, antwortete ich gähnend und rappelte mich mühsam auf. Mann, hatte ich schlecht geschlafen! »Was machst du denn hier?«

»Inken will heute ihren berühmten Heringssalat mit Roter Bete machen und ich wollte dich fragen, ob du mit mir nach Hörnum zu Hering-Fiete fahren möchtest.«

Hörnum? Hering? Beides nicht gerade geeignete Zauberworte, um mich aus dem Bett zu locken. »Wenn du magst, können wir am Hafen auch ein Eis essen oder eine Crêpe, statt hier zu frühstücken«, fuhr Opa schmunzelnd fort. »Na, was sagst du?«

»Gib mir zehn Minuten!«, murmelte ich. Wenn Opa so lieb fragte, konnte ich schlecht Nein sagen. Und gegen eine Crêpe hatte ich natürlich auch nichts einzuwenden.

»Dann warte ich unten mit einem schönen starken Tee auf dich. Der wird dir Beine machen.«

Nachdem Opa wieder nach unten gegangen war, blieb ich noch einen Moment auf der Bettkante sitzen. Ich fühlte mich immer noch wie unter einer Glasglocke. Der Abend mit Sven hatte einen bitteren Beigeschmack hinterlassen.

Ich wusste nicht, ob ich mir Sven lieber gleich aus dem Kopf schlagen oder ihn stattdessen besser kennenlernen sollte, um zu verstehen, was in ihm vorging. Sven schien mich jedenfalls zu mögen, denn er hatte mich gefragt, ob ich ihn wiedersehen wollte, als er mich in Morsum abgeliefert hatte. In Situationen wie diesen half nur eins: ein Telefonat mit der besten Freundin.

»Was soll ich denn jetzt machen?«, fragte ich Jule und versuchte, das Kunststück zu vollbringen, gleichzeitig das Handy in der Hand zu halten und mich anzuziehen.

Jule brauchte nicht lange für ihre Antwort, nachdem ich ihr im Eiltempo vom vergangenen Abend berichtet hatte. An ihrer Stelle hätte ich kein einziges Wort verstanden, aber Jule war eben Jule: klug und blitzschnell im Kopf.

»Lass die Finger von dem«, sagte sie streng. »Ich hatte von Anfang an kein gutes Gefühl, was ihn betrifft, und jetzt erst recht nicht. Kann es sein, dass er ein bisschen schizo ist? Mal smart und sexy, dann wieder melancholisch und dann auch noch aggro on top?!«

Wenn ich ehrlich war, waren das so ziemlich genau die Gedanken, die mich heute Nacht um den Schlaf gebracht hatten. »Aber Sven ist auch irre attraktiv, die meiste Zeit sehr nett und in seiner Clique total beliebt. Seine Freunde kennen ihn seit der Schulzeit. Hätten die denn nicht schon längst mit ihm gebrochen, wenn er ein mieser Typ wäre?«, versuchte ich, Jules Bedenken zu entkräften.

Und würde eine Frau wie Antonia hinter jemandem hinterherlaufen, der so schwer gestört war, wie Jule mir gerade weiszumachen versuchte?

Gestern Abend beim Essen hatte Antonia zweimal angerufen. Doch Sven hatte auch diese beiden Anrufe weggedrückt.

»Gegenfrage: Gibt es denn niemand anderen, mit dem du was unternehmen kannst?«, sagte Jule. »Dieser Piet klang doch ganz nett, oder Wienke und Okke aus dem Twisters.«

Unfassbar, dass Jule sich all die Namen gemerkt hatte, obwohl wir nur ein paar Mal telefoniert hatten. Seit ich auf Sylt war, schrieben wir uns meist WhatsApp-Nachrichten, weil wir zu unterschiedlichen Zeiten unterwegs waren.

»Keine Ahnung«, antwortete ich zögerlich. Ein Teil von mir hatte gehofft, dass Jule mir etwas anderes raten würde. »Kannst du dich denn nicht doch für ein paar Tage von deinen Pferden und Kay losreißen? Ich vermisse dich schon richtig.«

Bei der bloßen Vorstellung, Jule würde kommen, bekam ich ein warmes, wohliges Gefühl im Bauch. Wie sagte Jule immer so schön? *Typen kommen und gehen, aber die beste Freundin, die bleibt!*

»Ach Mann, Tinka, nun mach's mir bitte nicht so schwer. Du weißt doch, wie wichtig diese Turniere für White Beauty und mich sind. Wenn ich könnte, würde ich in den nächsten Zug steigen, und das weißt du auch.«

»Ja, das tue ich«, murmelte ich kleinlaut, bis mir siedend heiß einfiel, dass Opa ja unten auf mich wartete. Schnell verabschiedete ich mich von Jule und hastete dann die Treppe nach unten.

Kurz darauf saß ich neben meinem Großvater im Auto und fuhr mit ihm in Richtung Hörnum, auf dem Schoß einen geflochtenen Korb mit Gläsern von Omas selbst gemachter Himbeer-Johannisbeer-Marmelade, die der Fischhändler so gern aß.

»Wenn du magst, kannst du ein bisschen im Ort herumspazieren, während ich mit Fiete schnacke«, schlug Opa vor, nachdem wir in der Nähe des Leuchtturms geparkt hatten. »Ist ja überschaubar hier, also wirst du mir schon nicht verloren gehen.«

Froh, dass ich mir nicht an einer Bude am Hafen die Beine in den Bauch stehen musste, ging ich die Promenade hinunter. Im Vergleich zu der von Westerland war diese überschaubar. Ich blickte aufs Meer und erspähte einige Kitesurfer, deren Schirme Farbtupfer auf der blauen Himmelsleinwand waren. Amüsiert beobachtete ich, wie sich einer von ihnen, der sich in der Nähe des Strandes befand, ein paar Mal mit der flachen Hand auf den Kopf schlug. Ein anderer Kiter im Neoprenanzug, der neben mir stand, nickte und ich wartete gespannt darauf, was jetzt passierte. War dieses Sich-auf-den-Kopf-Hauen eine Art Geheimcode?

Zwei Minuten später erkannte ich, dass der Kiter auf dem Wasser Piet war. Der andere half ihm, das Segel und die zehn Meter lange Leine einzuholen.

»Hi Tinka, was machst du denn hier?«, fragte Piet

überrascht, als er mich sah. »Jetzt sag bloß, du wartest hier auf mich.«

»Nee, ganz bestimmt nicht«, antwortete ich halb belustigt, halb genervt. Diese Surfer waren für meinen Geschmack ganz schön von sich eingenommen.

»Schade!«, antwortete Piet mit einem Schulterzucken und bedankte sich bei dem anderen Kiter, der ihm geholfen hatte, fürs *Landen,* wie er es nannte. Wie ich aus ihrer Unterhaltung schloss, kannten die beiden einander gar nicht. »Soll ich dir Starthilfe geben?«, bot Piet schließlich dem anderen an. Der schüttelte jedoch den Kopf und sagte, dass er für heute genug gesurft sei.

»Was hatte denn dieses Geklopfe auf den Kopf zu bedeuten?«, fragte ich Piet, als der andere Kiter weg war.

»Das ist das internationale Zeichen, um Hilfe beim Landen zu erbitten«, antwortete Piet. »Hat dir Sven das denn nicht erklärt?« Ich schüttelte den Kopf.

Ob Piet wusste, dass ich bei der Unterrichtsstunde mit Sven um ein Haar ertrunken wäre?

»Daumen hoch bedeutet übrigens die Freigabe zum Start und Winken mit der freien Hand ist das SOS-Signal.«

Unvermittelt hatte ich wieder vor Augen, was ich meinte, am K4 beobachtet zu haben. War dort vielleicht doch ein Kiter in Not gewesen und ich hatte mich dermaßen von Sven verunsichern lassen, dass der Betroffene – quasi vor unseren Augen – ertrunken war, weil wir keine Hilfe geholt hatten?

Mir wurde schwindelig und schlecht. Hatte das Gefühl, mich übergeben zu müssen.

»Alles in Ordnung, Tinka, du bist auf einmal so blass?«, fragte Piet besorgt und kramte in seinem Rucksack nach einer Wasserflasche. »Warst du vielleicht wieder zu lange in der Sonne?« Er reichte mir die Flasche.

Wenn es nur das wäre, dachte ich, nahm dankbar das Wasser an, trank einen Schluck und setzte mich in den Sand.

Wenn ich saß, konnte ich nicht vor Angst und Scham in Ohnmacht fallen. Sollte ich Piet von meinem merkwürdigen Erlebnis am K4 erzählen oder lieber den Mund halten? Schließlich betraf diese unsägliche Geschichte nicht nur mich, sondern auch Sven. Wie hieß das noch mal genau?

Unterlassene Hilfeleistung?!

Das Blut sauste mir in den Ohren und ich wünschte mich ganz weit weg. Wäre ich doch bloß in Berlin geblieben. Seit ich hier war, ereigneten sich lauter merkwürdige Dinge, auf die ich gut und gern verzichten konnte.

»Wie lange dauert es, bis man die Leiche eines ...« – es fiel mir ungeheuer schwer, das Wort auszusprechen – »... Ertrunkenen findet?«, fragte ich mit zitternder Stimme.

Piet schaute mich verdutzt an. »Hm, kommt ganz auf die Strömung an, das kann mitunter ein paar Tage dauern. Manchmal taucht ein Toter auch gar nicht wieder auf, weil das Meer ihn nicht freigibt. Wieso fragst du?«

»Ich habe gestern einen Menschen in der Nähe vom K4 gesehen, der mehrfach mit der Hand hin- und hergewinkt hat. Genauso wie du gerade das SOS-Zeichen der

Kiter beschrieben hast«, antwortete ich, mit einem Mal entschlossen, die Wahrheit zu sagen. Wenn ich wirklich einen so verhängnisvollen Fehler gemacht hatte, dann würde ich ihn zugeben müssen. Meine Eltern hatten mir schon als kleines Kind eingebläut, dass man immer für seine Entscheidungen geradestehen muss, mochten sie auch noch so falsch gewesen sein. »Aber als ich Sven auf ihn aufmerksam machen wollte, konnte er ihn nicht entdecken, und ich hab ihn plötzlich auch nicht mehr gesehen. Zum Schluss war ich so verunsichert, dass ich geglaubt habe, ich hätte mir das Ganze nur eingebildet.«

»Du warst also gestern mit Sven unterwegs«, sagte Piet, obgleich das nun wirklich nichts zur Sache tat.

Ich nickte.

»Nun, dann würde ich mal vom Gefühl her sagen, dass du dich tatsächlich getäuscht haben musst. Wenn da irgendwas Besorgniserregendes gewesen wäre, hätte Sven in jedem Fall Hilfe geholt.«

Wie gern hätte ich Piet geglaubt! Aber leider stellte sich bei mir das ersehnte Gefühl der Erleichterung nicht ein.

»Hey, du guckst ja wie ein waidwundes Reh!« Piet legte beruhigend seine Hand auf meinen Arm. »In der heutigen Zeitung stand weder etwas von einem Bade- noch einem Surfunfall noch gab es eine Vermisstenmeldung. Außerdem hätte es sich längst herumgesprochen, wenn sich ein tragischer Unfall ereignet hätte. Also mach dir keine Sorgen.« Dann grinste er und sagte frotzelnd: »Vielleicht brauchst du doch eine Brille, wenn ich dich an das gespenstische Lagerfeuer am Königshafen neulich Abend erinnern darf ...«

»Ja, das könnte wohl sein«, murmelte ich, immer noch bedrückt.

»Na, was ist denn mit euch los? Ihr schaut ja beide, als hätte euch jemand in die Suppe gespuckt!« Auf einmal stand Opa neben uns.

»Nein, nein, alles gut, wir unterhalten uns nur«, antwortete Piet. Er blickte auf die Tüte mit dem Logo von Fiete in Opas Hand. »Oh, gibt es heute Abend Hering bei Ihnen? Lecker.«

Meine Lippen formten ein lautloses *Danke,* dafür dass Piet kein Wort über die Sache am K4 verloren hatte. Fehlte noch, dass sich Opa ebenfalls Sorgen machte.

»Wohnen Sie in Hörnum?« Opa sah Piet wohlwollend an. Dieser nickte. »Ja. Meine Wohnung liegt in der Nähe vom Hotel Budersand.«

»Ach so, von diesem neuen, hässlichen Schickimickibunker?«, knurrte Opa. »Na, Hauptsache, Sie fühlen sich wohl dort.«

»Ja, das tue ich«, antwortete Piet. »Und vielleicht hat Ihre Enkelin ja mal Lust, mich dort zu besuchen.«

Und vielleicht fragst du diese Enkelin einfach mal direkt!, dachte ich, schämte mich aber gleichzeitig für meinen boshaften Gedanken, denn Piet war immer supernett zu mir.

Nachdem mich Opa wie versprochen auf eine Crêpe eingeladen hatte, fuhren wir wieder nach Morsum zurück. Später, nach dem Mittagessen, ging ich hinauf in mein Zimmer. Egal, wie sehr ich mich auch bemühte, gegen meine Schuldgefühle anzukämpfen, es gelang mir nicht. Einem spontanen Impuls folgend, begann ich zu googeln. Ich gab alle möglichen Begriffe ein, die irgendwie mit dem Thema Wasser und Tod zu tun hatten. Vielleicht würde ich ja auf irgendetwas stoßen, was mir weiterhalf. Und so gelangte ich von einem Forum zum anderen. Von geheimnisvollen Meerwesen wie Sirenen, den Töchtern Poseidons, Undinen, Nixen und anderen Wassergeistern war die Rede und von der Sage um Pali, einer Meerjungfrau aus dem pazifischen Raum. Ich stutzte. Der Name kam mir irgendwie bekannt vor. Doch woher?

Dann fiel es mir wieder ein. An dem Tag, als ich zum ersten Mal im Twisters war, hatte Piet mir erklärt, was es mit dem Tiki auf sich hatte. Und dabei hatte er, wenn ich mich richtig erinnerte, auch Pali erwähnt. Fasziniert las ich die Geschichte der pazifischen Meerjungfrau: Die wunderschöne Pali, die der Sage nach aus dem Lehm, dem Sand und dem Salz des Ozeans geformt war, liebte es, an Land herumzuwandern, und begeisterte sich für die Menschen und die Tiere, die dort lebten. Dass sie nicht auf Dauer bei ihnen bleiben konnte, machte Pali sehr traurig. Ihre Trauer und ihre Tränen rührten den Gott Lono, der für sie eine magische goldene Blume in einer Grotte sprießen ließ, die hinter einem Wasserfall lag. Diese Blume hatte magische Kräfte und ließ Pali anstelle des Meerjungfrauenschwanzes Beine wachsen, sodass sie für längere Zeit an Land bleiben konnte – allerdings immer nur in den Neumondnächten ...

Gerührt las ich die Geschichte ein zweites und ein

drittes Mal und es erging mir ähnlich wie bei Andersens *Kleiner Meerjungfrau:* Ich begann, hemmungslos zu weinen.

10

Du sollst wissen, mein süßer Liebling, dass es in den Elementen Wesen gibt, die fast aussehen wie ihr und sich doch nur selten vor euch blicken lassen ...

(aus *Undine* von Friedrich de la Motte Fouqué)

Der neue Tag stand ganz unter dem Eindruck meiner Schuldgefühle und der Lektüre zahlloser Geschichten über weibliche Wassergeister, die ich am Vortag im Internet aufgestöbert hatte. Eine davon hatte es mir ganz besonders angetan: das Liebesdrama der schönen Undine, die sich unsterblich in den Ritter Huldbrand verliebte. Im Netz hatte ich nur eine stark gekürzte Fassung gefunden und deshalb beschloss ich, mir das Buch von Friedrich de la Motte Fouqué sobald wie möglich zu besorgen.

Oma jätete nach dem Mittagessen im Garten Unkraut, als ich sie mit meiner Frage nach der nächstgelegenen Buchhandlung überfiel.

»Na, Tinka, hast du Lust, mir zu helfen, bevor es zu regnen beginnt? Die vertrockneten Rosenblüten müssten abgeknipst werden und die anderen verblühten Blumenknospen auch.«

Ich nahm die Gartenschere, die Oma mir in die Hand drückte, sowie ein Eimerchen.

»Die nächste Buchhandlung ist übrigens in Keitum. Sie heißt Büchernest und ist zugleich ein Café. Wenn du Lust hast, fahren wir nachher dorthin und trinken einen Tee zusammen. Bei der Gelegenheit kann ich Bea Hansen, der Besitzerin, mal wieder einen Besuch abstatten.«

»Klingt prima, Oma!« Tatsächlich freute ich mich nicht nur über die willkommene Ablenkung, sondern auch auf einen kleinen Ausflug mit Oma.

Doch zunächst war Gartenarbeit angesagt. Nie hätte ich es für möglich gehalten, dass sich dabei meine Laune bessern würde. Aber so war's, wie ich nach einer Stunde feststellte. Da die Sonne an diesem Tag mal nicht mit voller Wucht herunterbrannte, ließ es sich angenehm unter den nahenden Regenwolken in Omas wunderschönem Paradies werkeln. Ich war geradezu berauscht vom süßen Duft der Rosen und fragte mich, wie es wohl wäre, wenn wir in Berlin ebenfalls einen Garten statt nur eines Balkons hätten.

Als die ersten Tropfen vom Himmel fielen und auf den grünen Blättern abperlten, sammelten wir rasch unsere Utensilien zusammen und machten uns für den kleinen Ausflug in das benachbarte Dorf fertig. Normalerweise hätten wir zu Fuß gehen oder radeln können, doch der Regen wurde von Minute zu Minute stärker. Also beschlossen wir, mit dem Auto zu fahren.

»Grüß Bea und Larissa von mir«, sagte Opa und verzog sich mit seiner Pfeife und einem Buch über Segelschiffe in die Sofaecke der gemütlichen Wohnstube. »Macht euch einen schönen Nachmittag und lasst euch ruhig Zeit.«

»Das sagst du doch nur, damit du hier endlich unge-stört paffen kannst«, antwortete Oma und wedelte de-monstrativ den vanillegeschwängerten Tabakrauch weg, mit dem Opa seine Pfeife gestopft hatte. Da er nur im Haus rauchen durfte, wenn seine Frau nicht da war, nutzte er diese Gelegenheit ausgiebig aus.

»Stimmt«, sagte Opa schelmisch lächelnd. »Und weißt du, was? Zur Feier des Tages gönne ich mir auch noch einen kleinen Friesengeist.«

Oma gab ihm einen Kuss auf die Wange. »Mach das, mein Lieber, nur zu.«

Unwillkürlich musste ich an Mama und Papa denken. Ob sie sich am Ende der Sommerferien wieder besser verstehen würden? Beim Gedanken daran, dass sie wo-möglich beschlossen, getrennte Wege zu gehen, schnürte sich mir die Kehle zu. Etwa die Hälfte der Eltern meiner Freunde war getrennt oder geschieden. Für die Kinder hieß das, dass sie zwischen zwei Wohnungen pendelten, was ich persönlich grauenhaft fand. Wie sollte man sich da irgendwo zu Hause fühlen? Keine Ahnung, warum, aber plötzlich kam mir Sven in den Sinn. So, wie er am Abend in der Sansibar von seiner Familie gesprochen hatte, klang es nicht gerade nach einem liebevollen Zu-hause. Egal, wie nervig Mama und Papa manchmal auch waren, so fühlte ich mich immer von ihnen unterstützt in Dingen, die mir wichtig waren.

Na ja, bis auf die Sache mit dem Einzelunterricht in der Tanzschule, den ich mir mal in den Kopf gesetzt hat-te, aber das war eine andere Geschichte.

»Na, woran denkst du, Tinka? Du bist so still«, fragte

Oma, während sie auf dem Parkplatz vor dem Büchernest hielt.

»An Mama und Papa«, antwortete ich. Ich beschloss, dass dies der geeignete Zeitpunkt war, um ihr reinen Wein einzuschenken.

Während der Regen gegen die Scheibe von Omas altem Fiat Uno prasselte, erzählte ich, dass zu Hause in Berlin seit gut einem halben Jahr der Haussegen schief hing. Und dass meine Eltern daher die Sommerferien getrennt verbrachten, um herausfinden, ob ihre Ehe noch eine Chance hatte.

»Ach herrje, das klingt ja gar nicht gut«, antwortete Oma betrübt. Genau das mochte ich unter anderem so an ihr: Oma war eine prima Zuhörerin! »Ich wusste zwar, dass die beiden zurzeit Probleme haben, aber das hört sich doch ein wenig ernster an, als ich gedacht habe.« Komisch, dass meine Mama ihre eigene Mutter nicht ins Vertrauen gezogen hatte. Andererseits konnte ich sie verstehen. Mir war es auch immer ein bisschen peinlich, ihr zu erzählen, wenn es mit einem Typen nicht so lief, wie ich es mir erträumte.

»Aber mach dir jetzt bitte keine unnötigen Sorgen, Lämmchen«, versuchte Oma, mich zu beruhigen. »Deine Eltern sind seit zwanzig Jahren zusammen, da kommt so was schon mal vor. Wenn man die ganze Zeit aufeinanderhockt, kann es passieren, dass man sich ab und zu auf die Nerven geht.«

Wieder musste ich an Jule denken und daran, dass wir uns meist spätestens nach dem dritten Tag zofften, wenn wir auf Klassenfahrt oder in den Ferien gemeinsam weg waren. Trotzdem waren wir unzertrennlich und immer füreinander da.

»Die beiden lieben sich, das weiß ich genau. Also vertrau darauf, dass es nur eine Phase ist, die wieder vorübergeht. Und jetzt lass uns kein Trübsal blasen, sondern uns einen netten Nachmittag machen. Hast du Lust auf frische Waffeln oder eine Friesentorte?«

»Oh ja!«

Ich stieg aus, zog mir die Kapuze der blauen Regenjacke über den Kopf und betrachtete die fantasievoll dekorierte Schaufensterauslage der Buchhandlung. Vor allem die eine Ecke zog mich magisch an. Dort waren Fantasybücher drapiert, die ich mir später unbedingt näher anschauen musste.

Doch zuerst das Wichtigste: das Buch über Undine.

»Kann ich Ihnen helfen?«, fragte eine hübsche Blondine und lächelte mich überaus freundlich an. Ich sagte ihr, wonach ich suchte. Flink fuhr sie mit den Fingern die Reihen des Regals mit den Klassikern ab und reichte mir dann zwei verschiedene Ausgaben. »Lesen Sie den Text in der Schule?«

Wie immer, wenn ich gesiezt wurde, war es mir fast ein wenig peinlich. Andererseits fühlte ich mich dadurch auch ein bisschen erwachsener.

Als die Buchhändlerin Oma entdeckte, rief sie aus: »Inken, schön, dass du uns mal wieder besuchst! Ich sage gleich Bea und Vero Bescheid, dass du hier bist. Geht's dir gut?«

»Ja, danke Larissa, bei uns ist alles bestens, ich hoffe, bei euch auch. Da wir gerade Besuch haben, dachte ich, ich schaue mal wieder bei euch herein«, antwortete Oma lächelnd. »Das ist meine Enkelin Tinka. Du hast sie schon mal gesehen, aber da war sie erst zehn.«

»Ja genau, jetzt erinnere ich mich wieder«, antwortete Larissa. »Damals liebte sie *Pippi Langstrumpf* und *Das doppelte Lottchen*.«

Stimmt, diese Bücher standen in meinem Buchregal in Berlin. Und die hatte Oma mir hier gekauft? Das war mir völlig entfallen.

»Ich nehme das hier«, sagte ich, nachdem ich beide Ausgaben von *Undine* miteinander verglichen hatte. Das Hardcover mit der schönen Titelillustration gefiel mir wesentlich besser als das Reclam-Heft. Bei den kleinen gelben Büchern musste ich unweigerlich an stressige Referate denken. »Und ich möchte es zu meinem Privatvergnügen lesen und nicht für die Schule. Seit ich hier bin, hab ich irgendwie wieder Lust bekommen, Sagen über Meerjungfrauen und so was zu lesen.«

Larissa nickte. »Das sind ja auch wirklich schöne Geschichten. Wenn du magst, zeige ich dir in der Jugendbuchabteilung ein paar Titel, die gerade neu hereingekommen sind. Momentan sind Meerjungfrauen ja ziemlich angesagt.«

Neugierig folgte ich ihr nach nebenan. Der Raum war mit hellen Regalen und Korbsesseln mit bunten Kissen möbliert. Und es duftete köstlich nach Papier, Holz und einem Hauch von Vanille. Plötzlich war mir danach, in diesem urgemütlichen Raum herumzulümmeln und in den Neuerscheinungen zu stöbern.

»Dann geh ich so lange nach nebenan ins Café zu Vero

und Bea«, sagte Oma. »Komm doch einfach nach, wenn du hier fertig bist, Tinka.«

Kaum hatte ich ein Buch in die Hand genommen, stand völlig unerwartet Antonia vor mir. Untergehakt bei einer Frau, die mir irgendwie bekannt vorkam.

»Was machst du denn hier?«, fragte Antonia in einem derart feindseligen Tonfall, dass sogar Larissa erstaunt von ihrem Kundengespräch aufblickte.

»Es mag dich wundern, aber ich kann lesen«, antwortete ich ein wenig schnippischer als beabsichtigt. Dass Antonia mich nicht leiden konnte, war mir inzwischen klar. Aber wieso schaute mich die Frau neben ihr ebenfalls feindselig an?

Und woher kannte ich sie?

»Freut mich für dich.« Antonia reckte das Kinn und zog die Frau mit sich in Richtung Geschenkeabteilung. Dort verschwanden die beiden zwischen den Regalen. Ich legte das Buch wieder hin und ging ins Café, um mich aus der Schusslinie zu bringen. Meine Lust aufs Stöbern war mir gründlich vergangen.

Am Abend lag ich auf meinem Bett und blätterte in *Undine,* während der Regen gegen das Dachfenster prasselte. Doch ich konnte mich nicht so recht auf die Lektüre konzentrieren, denn die unerwartete Begegnung mit Antonia und dieser seltsamen Frau ließ mich immer noch nicht los. Dass mich jemand nicht leiden konnte, kam zum Glück eher selten vor. Aber in den wenigen Fällen beruhte die Antipathie auf Gegenseitigkeit und ich konnte ganz gut damit leben. Doch das heute Nachmittag war etwas anderes gewesen. Etwas, das nur bedingt mit mir allein zu tun hatte, das war mir instinktiv klar.

Und dann fiel es mir wieder ein: Ich hatte die Frau schon einmal gesehen, auf dem Friedhof der Heimatlosen. Bei den Toten ...

Mit einem Mal verspürte ich den unbändigen Drang, mehr über Sven und sein privates Umfeld herauszufinden, zu dem schließlich auch Antonia gehörte. Vielleicht konnte ich auch in Erfahrung bringen, was es mit diesem schlimmen Unfall auf sich hatte, von dem Wienke zu erzählen begonnen hatte, ehe wir von eintreffenden Gästen unterbrochen wurden.

Aufgeregt gab ich Svens Nachnamen Ingwersen und die Stichworte *Tod* und *Unfall* in die Suchmaschine ein. Kurze Zeit später wurde ich fündig. Einen Moment hielt ich den Atem an, als ich die Vielzahl der Artikel sah, die es über den tödlichen Ausgang des Kitesurf World Cup in St. Peter-Ording vor zwei Jahren gab, bei dem eine gewisse Christina Hendrik ums Leben gekommen war.

Sie war beim Kiten gestorben, weil sich die Leinen ihres Segels zuerst unglücklich mit denen ihres Wettkampfgegners verheddert hatten und es ihr dann nicht gelungen war, die rettende Safety-Leash zu lösen. Dann war die damals Achtzehnjährige mit voller Wucht gegen die Fensterscheibe des Jury-Towers geschleudert worden und hatte sich das Genick gebrochen. Ihr Gegner in diesem Heat, der nach dem Unfall zusammengebrochen war und in ein Krankenhaus eingeliefert werden musste, war Sven Ingwersen gewesen.

11

Wir und unseresgleichen in den anderen Elementen, wir zerstieben und vergehen mit Geist und Leib, dass keine Spur von uns zurückbleibt, und wenn ihr anderen dermaleinst zu einem reinern Leben erwacht, sind wir geblieben, wo Sand und Junk' und Wind und Welle blieb ...

Ich tigerte in meiner Dachkammer umher und fürchtete, gleich irre zu werden. Mittlerweile war es drei Uhr morgens und ich schwankte zwischen dem Impuls, sofort meine Koffer zu packen und Sylt den Rücken zu kehren, und dem Wunsch, Sven zu trösten. Ein Teil von mir empfand tiefes Mitgefühl für ihn.

Jetzt wunderte es mich nicht mehr, dass er hin und wieder so durchgeknallt wirkte: Immerhin trug er die Mitschuld an dem Tod eines Menschen. Und dieser Mensch war nicht nur irgendein anonymer Gegner bei einem Wettkampf gewesen, sondern seine damalige Freundin. Seine große Liebe.

Als ich ein Bild von Christina gesehen hatte, war ich beinahe in Ohnmacht gefallen: Sie war mir wie aus dem Gesicht geschnitten. Dieselbe Haar- und Augenfarbe, dasselbe schmale Gesicht, sogar das Muttermal am Kinn saß an derselben Stelle. Wie unheimlich! Daher auch die seltsam peinlich berührten, teils entsetzten Blicke der

Cliquenmitglieder, als sie mich zum ersten Mal gesehen hatten. Es musste schockierend für sie gewesen sein, in mir einer Doppelgängerin von Christina zu begegnen. Wieder rief ich mir den Moment in Erinnerung, als sich Svens und meine Blicke im Sunset Beach zum ersten Mal gekreuzt hatten. Auch er hatte zuerst verstört gewirkt, ehe sich seine Züge erhellten und er mich anlächelte.

Und natürlich fragte ich mich jetzt, ob er sich auch zu mir hingezogen gefühlt hätte, wenn ich nicht Christinas Ebenbild gewesen wäre.

Aber willst du dich wirklich auf jemanden einlassen, der – wenn auch schuldlos – in den Tod eines Menschen verwickelt war?, flüsterte eine innere Stimme.

Denn eines ließ sich nicht leugnen: Unter der attraktiven Oberfläche dieses Sonnyboys schlummerte ein gewaltiges Potenzial an Aggressivität – mochte es auch seiner tiefen Trauer und Zerrissenheit geschuldet sein. In einem Artikel im Internet hatte ich gelesen, dass Sven nach Christinas Tod sechs Wochen in einer psychosomatischen Klinik gewesen war, um sich dort von dem Schock des tödlichen Unfalls zu erholen. Doch trotz dieser Therapie schienen seine Wunden noch nicht verheilt zu sein.

Aber wie auch? Die Bilder des grausamen Unfalls mussten ihn doch Tag und Nacht verfolgen, so wie mich gerade, obwohl ich gar nicht dabei gewesen war.

Ich kroch wieder zurück ins Bett. Wenn ich doch nur die herumwirbelnden düsteren Gedanken unter Kontrolle bringen und endlich schlafen könnte! Doch kaum lag ich im Bett, drehte sich das Gedankenkarussell weiter:

Was sollte ich bloß tun? Im Grunde hatte ich gar keine andere Wahl, als auf Sylt zu bleiben.

Mama und Papa hatten mich hierhergeschickt, um mich nicht mit ihren Eheproblemen zu belasten. Und nach meinem Gespräch mit Oma war mir klar, dass es nicht besonders hilfreich wäre, den beiden jetzt dazwischenzufunken. Zumal ich mir nichts sehnlicher wünschte, als dass die beiden wieder zusammenfanden.

Und was, wenn ich einfach versuchte, der Clique und damit Sven aus dem Weg zu gehen? Ich könnte mir die Zeit mit Schwimmen, Eisessen und dergleichen vertreiben und mit Opa scrabbeln. Ich würde einfach typische Teenie-Ferien machen wie Tausende andere auch. Schluss mit Drama, tödlichen Unfällen und Typen mit finsterer Vergangenheit. Hey, ich war sechzehn, auf einer wunderschönen Insel und es war Sommer!

Über diesem beruhigenden Vorsatz gelang es mir schließlich einzuschlafen.

»Moin Oma, was hast du für heute geplant?«, fragte ich.

Es war acht Uhr morgens, als ich barfuß in die Küche tappte, wo Oma gerade dabei war, dunkelrote, pralle Knupperkirschen zu waschen und zu entsteinen.

»Kirschkuchen backen und etwas mit meiner Enkelin unternehmen, wenn sie mag«, antwortete sie in ihrem typisch trockenen Ton. »Hättest du Lust, mit mir nach Kampen zu fahren? Für meinen Geschmack ist dort zwar alles ein bisschen überkandidelt. Aber ihr jungen Leute steht ja auf diesen ganzen Designer-Schnickschnack, den es da gibt.«

»Geh doch lieber mit Tinka in die Kupferkanne«, warf Opa ein, der gerade aus dem Stall kam und an der Haustür seine dreckigen Stiefel abstreifte. Dann kam er in die Küche und stellte die Kanne mit frischer Kuhmilch auf die Anrichte.

Oma runzelte die Stirn und sagte: »Aber ich backe doch gerade einen Kuchen, wozu sollen wir dann in die Kupferkanne?«

»Was ist denn diese Kupferkanne?«, fragte ich und starrte auf die Kanne mit der Milch. Ich ekelte mich vor der Haut, die sich immer darauf bildete, sodass Oma extra für mich »normale« Biomilch aus dem Supermarkt für meinen Kakao kaufte.

»Das ist ein ehemaliger Flakbunker am Rande von Kampen. Nach dem Zweiten Weltkrieg hat ein Bildhauer zuerst ein Künstleratelier und dann ein Künstlercafé daraus gemacht«, antwortete Opa.

Und Oma fügte hinzu: »Vom Garten aus hat man einen herrlichen Blick aufs Wattenmeer und der Kuchen dort ist legendär.«

»Aber mit dem von deiner Großmutter kann er natürlich nicht mithalten«, sagte Opa schmunzelnd. »Trotzdem solltet ihr da mal hinfahren und ein bisschen am Watt spazieren gehen. Es ist wunderschön dort.« Kuchen essen und ein Schaufensterbummel im nobelsten Ort der Insel, das klang nach einer perfekten Ablenkung von düsteren Nachtgedanken, die mich vom Schlaf abgehalten hatten.

»Super, das machen wir. Und den Kirschkuchen können wir ja auch morgen noch essen«, antwortete ich.

»Vorausgesetzt, dann ist noch was davon übrig«, wandte Opa grinsend ein. »Kann ich dir bei irgendetwas helfen, Inken?«

Während sich die beiden am Küchentresen zu schaffen machten, wo Opa Sahne für den Kuchen schlug, setzte ich mich an den Frühstückstisch. Ich aß ein Brötchen mit Omas selbst gemachter Erdbeermarmelade, als mich plötzlich der Eingangston einer WhatsApp-Nachricht aufschreckte. Ich ignorierte die missbilligenden Blicke von Oma und Opa und schnappte mir mein Smartphone.

Für heute Nacht ist Meeresleuchten angekündigt.
Hast du Lust, mit mir aufs Wasser zu fahren?
Sven

»Könnt ihr mir mal erklären, was Meeresleuchten ist?«, fragte ich. Es klang zwar verlockend romantisch, aber ich konnte mir rein gar nichts darunter vorstellen. Und dass Sven ausgerechnet jetzt mit einem solchen Vorschlag kam, passte mir eigentlich überhaupt nicht.

»Meeresleuchten ist etwas ganz, ganz Wundervolles«, sagte Oma mit strahlenden Augen. »Es kommt nur sehr selten vor, ist aber immer wieder ein besonderes Erlebnis. Das würde ich gern mal wiedersehen.«

»Was aber nicht die Frage deiner Enkelin beantwortet«, wandte Opa ein. »Ihr Frauen mit eurem Hang zu Kitsch! Also, Tinka, ich erklär's dir.« Opa setzte sich zu mir an den Küchentisch und machte ein Gesicht wie mein Lehrer, wenn der mal wieder vergeblich versuchte, mich für irgendein physikalisches Gesetz zu begeistern. »Dieses

Leuchten ist eine Lichterscheinung im Meer, die durch eine Ansammlung von Mikroorganismen wie zum Beispiel Dinoflagellaten ausgelöst wird.«

»Dinowas?!«

»Dinoflagellaten sind winzige einzellige Algen. Wenn sie einem Berührungsreiz ausgesetzt werden, schimmern sie und senden blaugrüne Lichtsignale aus.«

»Diese Algen veranstalten also so eine Art Lightshow, oder wie soll ich das verstehen?« Irgendwie war ich jetzt immer noch nicht viel schlauer. Bei Algen kam mir als Erstes Sushi in den Sinn, das Jule und ich für unser Leben gern aßen und hin und wieder sogar selbst zubereiteten.

»Sie leuchten und blitzen immer wieder im Wasser auf wie kleine Lichter«, antworte Opa.

Unwillkürlich musste ich an die *Totenlichter* von Sylt denken. Waren diese in Wirklichkeit nichts anderes als schimmernde Algen?

Und konnte es sein, dass ich genau dieses Phänomen neulich am Königshafen gesehen hatte, als ich glaubte, ein Lagerfeuer entdeckt zu haben?

»Aber wie kommst du denn ausgerechnet jetzt auf das Meeresleuchten?«, wollte Oma wissen.

Opa blätterte in der Tageszeitung. »Schaut mal, da steht es«, sagte er und deutete auf eine Meldung auf der ersten Seite. »»Aufgrund der Hitze in diesem Sommer ist die Algenbildung in der Nordsee höher als sonst, sodass für heute Nacht ein spektakuläres Meeresleuchten erwartet wird««, las er vor.

Und schon wieder kämpften zwei Seelen in meiner

Brust. Die eine wollte nichts lieber, als zusammen mit Sven ein romantisches Abenteuer zu erleben.

Die andere warnte mich davor, mich erneut mit ihm einzulassen und eine nächtliche Fahrt mit ihm auf dem Wasser zu unternehmen. Und überhaupt, wie eigentlich? Mit dem Boot oder etwa mit dem Kiteboard?!

»Sven hat mich eingeladen, mir das Spektakel mit ihm anzuschauen«, erklärte ich. »Er und die anderen wollen heute Nacht aufs Wasser ... Piet ist auch dabei.« In dem Moment, als diese Worte meine Lippen verlassen hatten, wusste ich, dass meine Neugier und die Sehnsucht nach Sven über Angst und Vernunft gesiegt hatten. Schlimmer noch, um mit Sven zusammen sein zu können, hatte ich sogar gelogen.

»Hier steht, dass das Leuchten gegen drei Uhr morgens am eindrucksvollsten sein soll«, las Oma vor, während sie ihrem Mann über die Schulter schaute. »Nein, das kann ich auf gar keinen Fall erlauben. Deine Mutter würde mir den Kopf abreißen.«

»Und wenn sie es erlaubt?«, fragte ich mit pochendem Herzen. Vielleicht war dieses bevorstehende Meeresleuchten ein Wink des Schicksals, *die* Gelegenheit, um mit Sven in aller Ruhe sprechen zu können – über Christina und unsere auffallende Ähnlichkeit –, anstatt feige davonzulaufen.

»Also gut, aber wirklich nur dann«, sagte Opa streng. »Obwohl ich diesem Piet ja vertraue und ihn mag. Er scheint mir ganz verantwortungsbewusst zu sein.« Ich nickte zustimmend, schämte mich aber zugleich dafür, meine Großeltern so schamlos anzulügen.

»Dann rufe ich Mama mal eben an«, sagte ich und stand auf, um in Ruhe im Garten telefonieren zu können. Als ich sie erwischte, hatte sie zum Glück supergute Laune und hörte interessiert zu, als ich ihr die Geschichte vom Meeresleuchten erzählte.

»Und du sagst, dass Eycke und Inken diesen Piet kennen und mögen?«, fragte sie, nachdem ich sie förmlich bekniet hatte, mir den nächtlichen Ausflug zu erlauben. Ich bejahte und schwärmte von seinen Qualitäten als Rettungsschwimmer. Schließlich erteilte sie seufzend ihre Erlaubnis. »Klingt nach einer wirklich einmaligen Gelegenheit. Als ich das zuletzt erlebt habe, war ich noch ein Kind. Dann hab Spaß und mach schöne Fotos. Aber jetzt sag mal: Wie geht es dir? Wir haben ja immer nur so kurz gesprochen. Verstehst du dich gut mit Oma und Opa?«

Ich erzählte, was ich in den vergangenen Tagen alles erlebt hatte, ließ aber die brisanten Details wohlweislich aus.

»Und was ist mit dir und Papa?«, wagte ich schließlich zu fragen.

»Er ist noch mit seinen Freunden auf der Mountainbike-Tour auf Mallorca. Es geht ihm bestens und ich glaube, es tut ihm gut, mal weg von der Familie zu sein und sich so richtig auszutoben. Mir geht's ähnlich. Ich genieße das schöne Wetter in Berlin, unternehme viel mit meinen Freundinnen und mache Ausflüge ...«

Während des ganzen Telefonats hatte ich auf die Uhr geschielt, weil ich Sven so schnell wie möglich antworten wollte. Außerdem musste ich wissen, wie wir aufs Meer kamen.

»Mit der Motorjacht meiner Eltern«, sagte er, als ich ihn auf dem Handy erreichte. »Oder willst du lieber rudern?«

Ich überlegte: Ein Ausflug mit einer Jacht klang natürlich cool, andererseits war mir das definitiv eine Nummer zu groß. Mitten in der Nacht mit ebenso viel Vollgas über die Nordsee brausen, wie Sven mit dem Cabriolet über die Insel gedüst war?

Nein!

»Ja, ich möchte lieber rudern«, antwortete ich daher und vereinbarte mit Sven, dass er mich um halb drei abholte.

Ich beschloss, früh ins Bett zu gehen, um einigermaßen fit zu sein.

»Dann würde ich vorschlagen, dass wir ein andermal nach Kampen fahren«, sagte Oma wohlweislich, nachdem ich ihr versichert hatte, Mama habe mir das Okay gegeben. »Denn für heute hast du ja genug Programm.«

Opa schien sich zu freuen. »Schön. Dann können wir ja heute Nachmittag zusammen im Garten Kirschkuchen essen«, sagte er.

12

Und während er in die Fluten hinuntersah, wurden sie zu lautern Kristalle, dass er hineinschauen konnte bis auf den Grund. Er freute sich sehr darüber, denn er konnte Undinen sehn, wie sie unter den hellen Kristallgewölben saß.

Völlig gebannt schaute ich zu, wie sich in der Nähe der Buhne 16 eine Welle brach und ihr Kamm so blau leuchtete, als wäre sie von unten bestrahlt. Sven und ich waren nicht die Einzigen, die sich zum Meeresleuchten am Strand von Kampen versammelt hatten. Ich stand knietief im Wasser und bestaunte, wie jede mechanische Reizung im Meer wiederum ein Meer von Farben erzeugte.

Während wir am Strand standen und Sven ein Paddel übers Wasser gleiten ließ, betrachtete ich verzückt, wie es eine Spur von grünlichen Lichtern hinter sich herzog, die wie kleine Elfen übers Meer tanzten. In der Ferne sah man weitere Boote und Surfboards, die die Nordsee in ein Farbspektakel sondergleichen verwandelten.

»Komm, lass uns dorthin fahren, wo es ruhiger ist«, flüsterte Sven mir zu und half mir dann ins Boot. Seine warme, feste Hand fühlte sich gut an. Ich spürte die neidischen Blicke einiger Mädchen auf mir. Bestimmt himmelten einige von ihnen Sven schon seit Längerem an und konnten es kaum fassen, dass er diese magische Nacht mit mir verbringen wollte. Ich setzte mich auf die Bank, bereit mitzurudern. »Lass nur, ich mach das schon«, sagte Sven und legte sich ins Zeug. »Genieß du mal lieber diesen Anblick.« Fasziniert beobachtete ich, wie jede Bewegung, jedes Eintauchen der Paddel ins Wasser grünblaue Kreise hervorzauberte.

Als wir weit genug auf See waren, bat Sven mich, die Paddel zu halten, weil er mit dem Handy Fotos machen und ein Video drehen wollte. Ich hatte bereits per WhatsApp Bilder an Jule geschickt, die sie jedoch bestimmt erst morgen früh ansehen würde. Um Sven Stoff für seine Aufnahmen zu liefern, malte ich mit der Hand Motive aufs Wasser, unter anderem ein Herz, das zu phosphoreszieren begann.

Über uns glitzerten Millionen von Sternen und unter uns die Lichter, die das Meer erzeugte. Einen Moment lang wusste ich gar nicht mehr, wo oben und wo unten war. In diesem magischen Augenblick, so nahe bei Sven, schien die Welt mit einem Mal stillzustehen. Ich hielt den Atem an und schloss die Augen. Ich wünschte, ich könnte dieses Erlebnis für immer in meinem Herzen einschließen. Dies war einer dieser *Once-in-a-lifetime*-Momente, an die man sich den Rest seines Lebens erinnerte. Während ich mit geschlossenen Augen den Stimmen der Nacht lauschte, spürte ich auf einmal sanfte, warme Lippen auf meinen. Ich ließ die Augen geschlossen, um mich ganz diesem wundervollen Kuss hingeben zu können. Nur das, was gerade war, zählte.

All meine Ängste und Vorbehalte gegenüber Sven versanken wie ein schwerer Stein auf dem Grund des Meeres ...

Wir waren jetzt so eng umschlungen, dass ich Svens Herzschlag spürte. Als er meine Halsbeuge küsste, erschauerte ich.

»Ich nehme mal eben die Paddel ins Boot«, sagte Sven im Flüsterton. Dann setzte er sich wieder neben mich auf die Bank und legte mir seine Jacke um die Schultern. Dass dabei das Boot ins Schaukeln geriet, machte mir keine Angst.

Wieder küssten wir uns, und als ich die Augen öffnete, um mich zu vergewissern, dass dies real war und nicht bloß ein wunderschöner Traum, aus dem ich gleich erwachen würde, durchfuhr mich ein Schock.

Denn in der Ferne, umhüllt von blaugrünem Licht, sah ich eine Gestalt, die die Hand hin und her schwenkte.

Das SOS-Signal – das Zeichen, dass der Betreffende in Not war!

»Siehst du das auch?« Ich bekam nur ein Flüstern zustande, weil der Anblick mir die Kehle zuschnürte.

Die gespenstische Gestalt kam näher und näher.

»Was soll ich sehen?«, fragte Sven und fuhr fort, zärtlich an meinem Ohrläppchen zu knabbern, was mir erneut einen Schauer über den Rücken jagte.

»Dort, die Frau«, sagte ich und wusste im selben Moment, wie verrückt das klang. »Schau doch mal, sie winkt uns. Sie braucht Hilfe.« Sven löste sich seufzend von mir und schaute in die Richtung, in die ich deutete.

»So leid es mir tut, Tinka, aber da ist nichts. Ich sehe

nur das Meer, einen Wahnsinnssternenhimmel und ... dich. Du bist sicher müde, außerdem flimmert und flirrt es hier, da kann man sich schon mal was einbilden.«

Ich kniff die Augen zusammen, um besser sehen zu können. Doch was ich sah, ließ mir die Nackenhaare zu Berge stehen: Ich schaute in mein Spiegelbild. Und meine Lippen formten die Worte *Bitte hilf mir, sonst bin ich für immer verloren.*

War ich dabei, den Verstand zu verlieren?

Oder träumte ich doch?

»Ist alles okay mit dir?«, fragte Sven und drückte mich so fest an seine Brust, dass ich kaum Luft bekam. Die gespenstische Gestalt kam noch näher, und gerade als ich dachte, sie würde das Boot entern, war sie mit einem Mal verschwunden.

Doch ich hatte in diesem Augenblick genug von diesem Abenteuer. Ich wollte nur noch nach Hause und mir in meiner Dachkammer die Decke über den Kopf ziehen. Und ich nahm mir fest vor, künftig meine Brille zu tragen.

»Du hast recht«, antwortete ich. »Ich bin müde und würde jetzt gern nach Hause, wenn das für dich okay ist.«

»Aber natürlich ist es das«, sagte Sven, doch seine Stimme klang dennoch ein wenig enttäuscht. »Ich muss morgen auch früh raus, denn ich habe Unterricht. In drei Stunden, um genau zu sein.«

Auf der Fahrt zum Haus meiner Großeltern wechselten wir kein Wort. Die romantische Stimmung zwischen uns war komplett verflogen, und das empfand offenbar nicht nur ich so.

»Ich ruf dich an«, sagte Sven zum Abschied wenig überzeugend.

Genauso mechanisch erwiderte ich: »Ja, mach das«, und war froh, als ich die Tür hinter mir schließen konnte.

»Na, wie war's, mein Lämmchen?«, kam eine Stimme aus der Küche und ich erschrak. Wieso war Oma denn wach? Ein Blick auf die Uhr gab mir die Antwort: Es war halb sechs.

Es war Zeit, die beiden Kühe zu melken.

»Ganz toll«, sagte ich ein bisschen lahm und gähnte demonstrativ.

Ich hatte jetzt keine Lust zu reden, sondern wollte alleine sein und darüber nachdenken, ob ich langsam ein Rad abhatte. Als ich endlich im Bett lag, versuchte ich mit aller Kraft, die Erinnerung an Svens Küsse abzuschütteln. Er war attraktiv und ein Typ, dem die Mädchenherzen zuflogen. Und er konnte wahnsinnig gut küssen.

Aber war er auch der Richtige für mich?

Als ich am Nachmittag nach einem Mittagsschläfchen mit Oma nach Kampen fuhr, trug ich zum ersten Mal, seit ich auf Sylt war, meine Brille.

»Ich finde, die steht dir wirklich gut«, sagte Oma nun schon zum x-ten Mal, während ich mir am Schaufenster eines Optikers am Strönwai die Nase platt drückte. Zurzeit waren immer noch diese riesigen Nerdbrillen angesagt, doch ich fand diese Modelle zu groß für mein schmales Gesicht. Ob ich doch besser auf randlos umsteigen sollte?

»Kontaktlinsen wären am besten«, murmelte ich, immer noch vertieft in den Anblick der Auslage. »Aber die vertrage ich blöderweise nicht. Ich habe schon alles ausprobiert, was es gibt.« Ich wollte noch hinterherschicken, wie nervig ich es fand, dass ich kurzsichtig war, als mein Handy klingelte.

»Nun geh schon ran, ich schaue mir solange das Fenster nebenan an«, sagte Oma und ich zog mein Handy aus der Tasche. Obwohl *Unbekannt* auf dem Display stand, ging ich dran.

»Lass die Finger von Sven, sonst passiert was!«, zischte mir eine weibliche Stimme ins Ohr.

Ich fragte noch: »Wer ist dran?«, aber die Leitung war schon unterbrochen.

Dann sah ich, dass auf meinem Facebook-Account unzählige Kommentare zu einem Post von Sven in der Gruppe *Surfers Paradise Sylt* eingegangen waren. Lauter Likes zu dem Meeresleuchten-Video, das er heute Morgen um sechs gepostet und sogar schon mit Musik unterlegt hatte. In einer Sequenz war das leuchtende Herz zu sehen, das ich aufs Wasser gemalt hatte, und ein kurzer Schwenk auf mich, obwohl ich mich gar nicht daran erinnern konnte, dass Sven mich gefilmt hatte.

Antonia hatte daruntergeschrieben: »Freut mich, dass du eine schöne Nacht hattest! Hugs & Kisses! CU!« Flankiert von zahllosen Emoticons, was ich total albern fand. Auch die restlichen Kommentare waren nett und kamen überwiegend von Mädchen. Die Typen beschränkten sich auf ein *Daumen hoch* oder »Geil!«.

Ob der Anruf von einem der Mädchen stammte, die

heute Nacht ebenfalls in Kampen gewesen waren? Oder von Antonia?

Aber woher hatte sie meine Handynummer?

Momentan wusste ich nicht, ob ich lachen oder weinen sollte. Es war eine Aktion wie aus einem schlechten Film. Was glaubte die Anruferin, damit zu erreichen? Dass ich meine Sachen packte und wieder zurück nach Berlin fuhr? Dass ich mir vor Angst in die Hose machte?

»Na, was gibt es?«, fragte Oma, die von ihrem kleinen Schaufensterbummel zurückkam und sich bei mir einhängte.

»Das war nur Jule, die was wissen wollte«, antwortete ich. »Gehen wir weiter?« Plötzlich hatten alle schicken Boutiquen in den reetgedeckten Häusern mit ihrem verlockenden Angebot an Markenklamotten, Parfüms, Wohnaccessoires und Schmuck ihren Reiz für mich verloren. Es interessierte mich auch nicht mehr, dass ich mich gerade auf der teuersten Einkaufsmeile der Insel befand, einen Steinwurf entfernt von *Pony, Gogärtchen, Sturmhaube* und wie all die angesagten Lokale hießen, wo die High Society wilde Partys feierte und die reichen Kids die Kreditkarten ihrer Eltern zum Glühen brachten. Auch war ich immun gegen den Anblick der Porsches und Ferraris, die die *Whiskey-Meile* auf und ab fuhren, damit die Insassen sich und ihre Sylt-Bräune zur Schau stellen konnten. Eine unbestimmte Angst hatte mich ergriffen. Keine blanke Panik, aber ein ungutes Ziehen in der Magengegend.

»Dann lass uns mal zur Kupferkanne spazieren, damit wir ein bisschen Bewegung haben«, schlug Oma vor.

Wie sich herausstellte, war das genau das richtige Mittel, um mich in die Wirklichkeit zurückzuholen.

Sosehr ich die raue Seeseite mit ihren Wellen und dem Wind liebte, so gern mochte ich die liebliche, zum Watt hin gelegene Seite. Austernfischer saßen in Gruppen auf trocken gefallenen Sandbänken und putzten ihr Gefieder, über uns kreisten Möwen und vor uns lag das weite Wattenmeer. Auf dem Weg zum Café duftete es nach würzigen Tannennadeln und ich sog die Luft tief ein. Unwillkürlich musste ich an Weihnachten denken. Würden wir in diesem Jahr gemeinsam am Weihnachtsbaum sitzen? Mama hatte sich am Telefon zwar gut angehört, aber wohl nur, weil sie gerade die Auszeit von ihrer Ehe genoss.

»Oh, wir scheinen Glück zu haben«, sagte Oma, als wir den weitläufigen Garten erreichten, der zur Kupferkanne gehörte. »Sieh mal, dahinten sind noch zwei Plätze frei.

Ja, ab und zu muss man auch mal Glück haben!, dachte ich mit einem tiefen Seufzer und freute mich über das Stückchen Normalität in all dem Irrsinn.

13

Wundert euch aber nur nicht, ihr Menschen, wenn es dann immer ganz anders kommt, als man gemeint hat. Die tückische Macht, die lauert, uns zu verderben, singt ihr auserkornes Opfer gern mit süßen Liedern und goldnen Märchen in den Schlaf...

Wienke summte *Endless Summer* vor sich hin und grinste von einem Ohr zum anderen, als ich am Sonntagnachmittag ins Twisters kam.

Sie hatte sich am Abend zuvor bei mir gemeldet und mir gesagt, wie toll sie das Meeresleuchten-Video von Sven fand. »So was einmalig Schönes zu verpassen, ist genauso doof, als hätte ich Silvester verpennt«, hatte sie lachend gesagt und mich gefragt, ob wir heute nach ihrem Frühdienst etwas unternehmen wollten. Oma hatte angeboten, uns eine Quiche zu machen, die wir mit an den Strand nehmen konnten, und dazu einen grünen Wackelpudding mit Vanillesoße. Und nun war ich mit dem Rad von Keitum nach Westerland gefahren, um Wienke zu unserem Ausflug ans Meer abzuholen.

»Moin, Tinka, lange nicht gesehen. Geht's gut?«, begrüßte Okke mich breit lächelnd und tippte sich an sein Basecap. »Hast ja 'ne tolle Tour mit Svennie gemacht. Geiles Video.« Unterdessen wühlte Wienke kaugummikauend in ihrer riesigen Beuteltasche herum. »Habt ihr denn genug zu essen dabei oder kann ich euch noch was mitgeben?«, fragte Okke mit Blick auf die Kühltasche, die ich geschultert hatte. Ich gewährte ihm einen Blick hinein, worauf er nur »Hm« machte und in der Küche verschwand.

Als er kurz darauf wiederkam, reichte er mir eine Papiertüte mit Muffins und zwei Bagels.

»Danke, Okke, aber das wäre echt nicht nötig gewesen«, sagte Wienke, nachdem sie neugierig in die Tüte geschaut hatte. »Hoffentlich sind wir am Ende der Ferien nicht so rund wie diese Bagels.«

»Ich sag ja immer, besser rund und happy als dünn und vergrätzt.« Okke streichelte sich mit der Hand über das Bäuchlein, das sich unter seinem T-Shirt abzeichnete. »Mir sind Frauen mit Kurven lieber als diese Hungerhaken auf zwei Beinen.« Dabei musterte er Wienke von oben bis unten und zwinkerte mir zu. Doch Wienke schien dies aus irgendeinem Grund peinlich zu sein, denn sie ignorierte seinen Spruch und sagte: »Lass uns los. Ich brauche dringend frische Luft und Sonne.«

»Komm uns doch bald mal wieder besuchen, Tinka«, rief Okke uns nach. Ich hätte eigentlich gern noch ein bisschen mit Okke geplaudert, denn in seiner Gegenwart bekam ich immer gute Laune. Und gute Laune brauchte ich momentan dringend.

»Kann es sein, dass Okke in dich verknallt ist?«, fragte ich Wienke, während wir unsere Räder die Friedrichstraße in Richtung Strand schoben. Die Geschäfte hatten wie immer sonntags während der Saison geöffnet.

»Wie kommst du denn darauf?«, fragte sie und riss ihre wunderschönen himmelblauen Augen auf.

»So wie der dich eben angeschaut hat, würde ich sagen, da geht was. Zumindest von ihm aus«, antwortete ich und amüsierte mich darüber, dass Wienkes helle Haut plötzlich von einer auffälligen Röte überzogen wurde.

Nachdem wir unsere Räder abgeschlossen hatten und den Strand ein gutes Stück in Richtung Café Seenot hinaufgegangen waren, fanden wir schließlich ein freies Plätzchen am Wasser. Wienke markierte es sofort mit ihrem pink-weiß geringelten Sonnenschirm, den sie demonstrativ in den Sand steckte. Ich breitete unsere zwei Strandmatten aus Bast und großen Handtücher aus.

»Ist das nicht herrlich?«, fragte Wienke und streckte sich genüsslich aus. »Irgendwie habe ich das Gefühl, dass dieser Sommer gar nicht mehr zu Ende geht. Außerdem kann ich mich nicht erinnern, wann wir zuletzt so tolles Wetter hatten. Allerdings habe ich kein einziges Stück für unseren Nähkurs in Angriff genommen. Das gehört nämlich zu meinem Studium, weißt du. Außerdem möchte ich irgendwann mein eigenes Mode-Label haben und dafür sollte ich mal langsam in die Gänge kommen.«

»Ach, das kannst du immer noch, wenn die Saison vorbei ist und es wieder regnet«, antwortete ich. »Lass uns lieber den Moment genießen. Blöde Dinge passieren ohnehin genug.«

Ups, das war mir so rausgerutscht! Dabei hatte ich jede noch so kleine Andeutung in dieser Hinsicht vermeiden und einfach nur diesen Traumtag genießen wollen. Doch ob ich wollte oder nicht, der gestrige Drohanruf rumorte immer noch in mir.

»Ach ja, was für blöde Dinge denn?«, fragte Wienke und cremte sich mit Sonnenschutzmittel ein. Auf dem Kopf trug sie einen ausladenden Strohhut mit einem knallroten Band, das mit ihren hellblonden Haaren kontrastierte. Ich beschloss, gar nicht lange um den heißen Brei herumzureden, und erzählte ihr von dem ominösen Anruf.

»Das ist ja krass!« Wienke setzte sich ruckartig auf. »Hast du irgendeine Ahnung, wer es gewesen sein könnte?«

Sollte ich ehrlich zugeben, dass ich Antonia in Verdacht hatte? Wohl besser nicht, denn ich war »neu« auf der Insel, also hatte ich kein Recht, ein Mitglied der Clique zu beschuldigen, ohne dass ich es beweisen konnte. Außerdem war ich mir nicht sicher, ob es Antonia war.

»Ich hoffe ja nicht, dass Antonia sich in einem Anfall von Eifersucht zu so einer blöden Aktion hat hinreißen lassen. Aber bestimmt hat es sie mächtig gewurmt, als sie sah, dass Sven diese tolle Nacht mit dir verbracht hat«, murmelte Wienke und sprach damit aus, was ich dachte. Sie klang ein bisschen bedrückt. »Wäre aber leider nicht das erste Mal, dass sie mit so harten Bandagen kämpft.«

»Traust ihr so was denn wirklich zu?«, fragte ich. Die Vorstellung, jemanden zur Feindin zu haben, entsetzte mich.

Wienke wiegte bedächtig ihren Kopf hin und her. »Sie liebt Sven quasi schon seit Kindertagen. Als er sich damals in Christina verknallt hat, ist eine Welt für sie zusammengebrochen. Und nun, zwei Jahre nach ihrem Tod, taucht wieder eine auf, die Sven gefällt. Und die Christina auch noch wie aus dem Gesicht geschnitten ist.«

Dies war genau die Steilvorlage, auf die ich die ganze Zeit gewartet hatte. »Das stimmt«, antwortete ich. »Ich habe ein Foto im Internet von ihr gesehen, alles über den Unfall in St. Peter-Ording gelesen und war selbst erstaunt über die Ähnlichkeit. Aber sie war doch garantiert ein ganz anderer Typ als ich. Zum Beispiel habe ich mit Kiten überhaupt nichts am Hut.«

»Auf den ersten Blick könnte man euch schon verwechseln«, sagte Wienke nachdenklich. »Deshalb waren ja auch alle so geschockt, als sie dich zum ersten Mal gesehen haben. Glaub mir, das hat sich hier herumgesprochen wie ein Lauffeuer! Aber ich finde, dass der erste Eindruck sofort verflogen ist, sobald man mit dir spricht. Du bist ganz anders als Christina und das ist auch gut so.«

»Also glaubst du, dass Sven sich wirklich für mich interessiert und nicht nur, weil ich ...« – ich suchte nach den passenden Worten – »... eine Kopie von Christina bin?«

»Möchtest du denn, dass Sven sich für dich interessiert?«, fragte Wienke und erwischte mich mit ihrer unverblümten Frage auf dem falschen Fuß. Ihr kritischer Blick brachte mich noch zusätzlich in Verlegenheit.

»Ist das jetzt die Retourkutsche dafür, dass ich vorhin gemeint hab, Okke wäre in dich verliebt?« Ich bemühte mich, möglichst locker zu klingen.

Wienke schüttelte den Kopf. »Ich frage nur, weil du wissen musst, dass sich Sven seit Christinas Tod sehr verändert hat. Plötzlich sind dunkle Seiten zum Vorschein gekommen, die er zuvor nie gezeigt hat. Früher war er wohl der strahlende Sonnyboy aus Kampen, dem alles gelang, was er anpackte.« Sie zupfte nachdenklich am Saum ihres Handtuchs. »Es fehlte nicht mehr viel und er wäre unter die Top Five der Profi-Kiter gekommen; er stand kurz vor Abschluss eines sensationellen Sponsorvertrags und wollte mit Christina zusammen nach Hawaii oder Brasilien gehen.« Wienke hob den Kopf und sah mich an. »Und dann war mit einem Schlag alles vorbei. Was glaubst du, warum er zurzeit nur noch unterrichtet, statt an Wettkämpfen teilzunehmen? Ich hoffe sehr, dass er irgendwann wieder die Kurve kriegt. Sven gehört einfach in den Profisport – und soviel ich weiß, hat er diesen Traum immer noch nicht aufgegeben.«

Ich schluckte, weil ich mir gut vorstellen konnte, wie grauenvoll Sven sich fühlen musste.

»In der Zeit nach Christinas Tod ist Antonia nicht von seiner Seite gewichen. Sie hat ihn jedes Wochenende in der Klinik besucht, ihm Briefe geschrieben und alles getan, um ihn abzulenken. Kurz bevor du hier aufgetaucht bist, hat es so ausgesehen, als würden die beiden wieder ein Paar werden.«

Oh Gott! Umso naheliegender schien es, dass Antonia die Anruferin gewesen war. »Und was soll ich jetzt tun?«, fragte ich kleinlaut. »Ich mag Sven, aber ich habe auch schon mit dieser *dunklen Seite* Bekanntschaft gemacht.

Er ist neulich in der Sansibar ziemlich ausgerastet. Und das gefiel mir gar nicht. Andererseits ...«

»... machst du hier Ferien, solltest Spaß haben und deine Zeit nicht mit einem Typen verschwenden, der im Grunde seines Herzens immer noch um eine andere trauert.« Wienke sah mich eindringlich an. »Außerdem kann ich dir nur eins raten: Finger weg von einem Surfer, wenn du diesen Sport nicht auch liebst. Als Freundin eines Kiters siehst du deinen Kerl nämlich die meiste Zeit nur als bunten Punkt auf dem Wasser. Und wenn er dann von seiner Session zurück ist, ist er total kaputt und hat garantiert keine Lust mehr, mit dir Party zu machen, sondern will nur noch auf dem Sofa abhängen. Und das vielleicht am liebsten allein.«

Über diesen Aspekt hatte ich noch gar nicht nachgedacht.

»Ach komm, Schluss jetzt mit diesen blöden Themen, lass uns lieber schwimmen gehen«, schlug Wienke vor.

»Genau. Deshalb sind wir ja schließlich hier!«, antwortete ich.

Doch als ich bis zur Hüfte im Wasser stand und eine hohe Welle auf mich zurollte, bekam ich plötzlich Panik. Wieder spürte ich diesen Sog, der mich gewaltsam in die Tiefe zog, hatte das Gefühl, es würden Hände nach meinen Beinen greifen und mich mit aller Macht auf den Meeresgrund ziehen wollen ...

»Sorry, aber ich geh doch lieber wieder raus. Ist mir zu kalt«, sagte ich mit klappernden Zähnen. Ich versuchte, mir die Angst nicht anmerken zu lassen, während Wienke vergnügt im Wasser herumplanschte. Dann rannte ich an den Strand zurück und konnte es kaum erwarten, mich in mein Badehandtuch zu kuscheln. Mein Herz hämmerte gegen die Rippen. Dieses Gefühl, wieder den Kräften des Meeres ausgesetzt zu sein, hatte mich total aufgewühlt.

Nachdem ich mich wieder ein bisschen beruhigt und Wienke sich ausgetobt hatte, machten wir uns zuerst über die Quiche und die Bagels und dann die Götterspeise her. Anschließend legten wir uns in den Sand und schlossen die Augen.

Als ich wieder aufwachte, war Wienke verschwunden. Gerade als ich begann, mir Sorgen zu machen, tauchte sie wieder neben mir auf, mit zwei Bechern Zitroneneis in der Hand.

»Ach, und ich dachte, du würdest Kalorien zählen?«, sagte ich grinsend und nahm den Becher, den sie mir hinhielt.

»Schon, aber erst wieder nach den Ferien«, antwortete Wienke lächelnd und ließ sich neben mich in den Sand plumpsen.

Wir quatschten noch eine Weile und schauten aufs Wasser, bis es schließlich Zeit für mich war, nach Hause zurückzuradeln. Nach Morsum waren es immerhin neun Kilometer. Doch als wir zu unseren Rädern zurückkamen, wartete eine unangenehme Überraschung auf mich: Beide Reifen meines Fahrrads waren platt.

»Oh nee, das ist jetzt nicht wahr, oder?«, sagte ich.

»Komm, lass mal sehen.« Wienke kniete sich auf den Boden, um die Reifen genauer zu untersuchen. Sie runzelte die Stirn. »Tut mir leid, Tinka, aber da ist nicht nur die Luft raus«, sagte sie mit gepresster Stimme und stand wieder auf. »Jemand hat die Reifen zerstochen!«

»Wer macht denn so etwas?«, fragte Opa, der sich gleich nach meinem Anruf ins Auto gesetzt hatte, um mich mitsamt dem fahruntauglichen Rad abzuholen. Fassungslos blickte er auf die Platten und dann auf mich.

»Das wüssten wir auch gern«, antwortete Wienke und schaute genauso bedrückt drein, wie ich mich fühlte.

Nicht nur die Reifen waren beschädigt. Auch die Gänseblümchenkette, die um den Fahrradkorb geschlungen war, fehlte. Das war mir erst auf den zweiten Blick aufgefallen. »Oma wird traurig sein, dass ihre schöne Deko weg ist«, sagte ich.

»Ich werde auf alle Fälle eine Anzeige gegen unbekannt erstatten«, sagte Opa. »Lass uns gleich bei der Polizei vorbeifahren, damit du dort deine Aussage machen kannst. Sollen wir dich irgendwohin mitnehmen, Wienke?«

Sie schüttelte den Kopf. »Das ist nicht nötig, danke. Mein Rad wurde ja zum Glück verschont.«

Genau wie all die anderen, dachte ich mit Blick auf die anderen Räder, was den Verdacht nahelegte, dass es jemand gezielt auf mich abgesehen hatte. Aber dann musste derjenige mich schon davor beobachtet haben. Bei der Vorstellung, dass mir jemand vom Twisters gefolgt war, um später mein Rad zu demolieren, stellten sich meine Nackenhaare auf. Und wahrscheinlich hatte er *davor* schon beobachtet, wie ich ins Twisters ging ...

Ich versuchte, den Gedanken, dass außer Antonia im

Prinzip auch Okke und Wienke infrage kamen, abzuschütteln. Ebenso wie den Gedanken daran, dass Wienke kurze Zeit verschwunden war, um Eis für uns beide zu holen.

»Viel Erfolg bei der Polizei.« Wienke gab Opa zum Abschied die Hand und schwang sich dann in den Sattel. »Ruf mich morgen an Tinka, ja?«

Der Besuch auf dem Polizeirevier beruhigte mich kein bisschen, ganz im Gegenteil. Der freundliche Beamte zeigte sich überrascht von dieser »Einzeltat«. »Normalerweise machen solche Freaks gleich einen Rundumschlag und demolieren alles, was ihnen in die Quere kommt«, sagte er und nahm meine Aussage und meine Personalien auf. »Ich melde mich bei Ihnen, sollte es irgendwelche Hinweise oder weitere Vorkommnisse dieser Art geben.«

Wieder zurück in Morsum, versuchte Oma hingegen, meine Ängste zu zerstreuen: »Das ist zwar ärgerlich und ich hätte mir einen schöneren Abschluss für deinen Strandtag gewünscht, aber so was kommt nun mal vor – gerade in der Saison. Das Wichtigste ist, dass dir nichts passiert ist. Die Reifen kann man erneuern, alles halb so wild. Du hast doch bestimmt Hunger, Tinka, oder? Übrigens hat Piet angerufen, während du weg warst, und wollte wissen, wie es dir geht. Er hat wohl versucht, dich auf dem Handy zu erreichen. Und er lässt dich lieb grüßen.«

Piet konnte mich nicht erreichen? Verwirrt kramte ich nach meinem Handy und stellte fest, dass ich vergessen hatte, es anzumachen. Tatsächlich: drei Anrufe in Abwesenheit. Einer von Jule, einer von Papa und einer von Piet. Von ihm gab es auch eine SMS, in der er fragte, ob ich Lust hätte, mal mit ihm zum Hörnumer Möwennest zu gehen, weil dieser Strandabschnitt besonders schön sei. Keine einzige Nachricht von Sven, was ich mit einer Mischung aus Erleichterung und Bedauern registrierte.

Nach dem Abendessen spielten wir Mensch ärgere dich nicht. Das hatte ich seit einer Ewigkeit nicht mehr getan und ich kam mir wie ein kleines Kind vor. Doch an diesem Abend wäre mir jedes Spiel recht gewesen. Hauptsache, ich hockte nicht allein in meinem Zimmer und grübelte über die merkwürdigen Vorkommnisse nach. Ich sehnte mich nach Normalität und Geborgenheit und die konnte mir niemand besser geben als Oma und Opa.

14

... wobei sie kein Wort sprach, und uns bloß aus den beiden seeblauen Augenhimmeln immerfort lächelnd anstarrte ...

Neuer Tag – neues Glück!

Zumindest hoffte ich das. Opa begrüßte mich mit einem fröhlichen »Moin«, als ich in die Küche kam, um mir einen Tee zu kochen. »Hoffe, du hast nach dem gestrigen Schrecken gut geschlafen. Ich hab übrigens schon zwei neue Fahrradreifen aufgezogen, kannst also wieder damit herumfahren, wenn du magst.«

»Hey, das ging aber fix! Danke.« Ich gab ihm ein Küsschen auf die Wange.

Opa duftete nach Heu und Seeluft, eine heimelige Mischung. Aber was das Fahrrad betraf, war ich mir nicht sicher, ob ich schon wieder Lust hatte, damit herumzufahren. Der Schreck saß mir noch viel zu sehr in den Knochen.

Doch dann überlegte ich, ob ich in die Offensive gehen und Antonia anrufen sollte, um sie zur Rede zu stellen. Allerdings war das riskant, weil ich keinerlei Beweise hatte. Außerdem würde Antonia es natürlich niemals zugeben, falls sie die geheimnisvolle Unbekannte gewesen war.

Vielleicht sollte ich lieber Sven erzählen, was passiert war. Er kannte Antonia und wusste sicherlich am besten, wie weit sie in ihrer Eifersucht gehen würde. Je länger ich das Pro und Kontra abwog, desto besser gefiel mir die Idee. Womöglich wäre das ein hilfreicher Warnschuss, da Sven Antonia garantiert auf beide Aktionen ansprechen würde. Ich schaute auf die Uhr. Sven hatte für gewöhnlich den ganzen Tag Unterricht, also musste ich mich vermutlich bis abends gedulden, um ihn zu erreichen.

Nach dem Frühstück meldete ich mich stattdessen bei Piet. Den hatte ich über der Grübelei beinahe vergessen.

»Ach, da bin ich ja erleichtert«, sagte er.

»Wieso erleichtert?«

»Ich dachte schon, du hast genug von mir«, antwortete Piet, korrigierte sich dann aber schnell. »Ich meine, ich dachte, du hast schon ... genug von ... der Clique und so ...«

Wieso war Piet so nervös? Und was sollte die seltsame Bemerkung über die Clique?

»Wann wolltest du denn zum Möwennest?«, fragte ich, ohne auf sein Gestammel einzugehen. Je cooler ich jetzt blieb, desto besser. Falls Piet aus irgendeinem Grund mit Antonia unter einer Decke steckte und womöglich etwas mit dem Anruf und der Reifensabotage zu tun hatte, durfte er meine Anspannung auf keinen Fall spüren.

»Heute«, antwortete er. »Das Wetter ist immer noch fantastisch und ich habe frei. Kennst du das Möwennest?«

»Noch nicht. In Hörnum war ich erst einmal. Neulich, als wir uns getroffen haben.«

»Ach ja. Wir könnten Rad fahren, schwimmen und ein Picknick machen«, schlug Piet vor und mir standen beim Stichwort »Rad fahren« sofort die Haare zu Berge. »Wenn du magst, hole ich dich bei deinen Großeltern ab. Wir packen dein Rad auf den Dachgepäckträger und später, wenn es nicht mehr so heiß ist, gurken wir über die Insel.«

Und schon wieder war ich in der Zwickmühle. Einerseits war Piet mir gegenüber bislang immer korrekt und hilfsbereit gewesen. Andererseits war mir jegliche Lust auf Schwimmen oder Fahrradfahren vergangen.

»Kann man da auch Beachball oder so was spielen? Oder können wir nicht einfach nur chillen?«

»Na klar können wir das. Wir machen das, worauf du Lust hast. Schließlich hast du Ferien und sollst dich amüsieren.«

Piets Antwort ließ einen Teil meines anfänglichen Widerstands schmelzen.

»Soll ich dich so gegen drei abholen?«

Pünktlich um drei stand Piet – sehr zur Freude meines Opas – auf der Matte. »Willst du dein Rad nun mitnehmen?«, fragte er, nachdem er Opa begrüßt hatte.

»Wie gesagt, ich hab's repariert, also könnt ihr meinetwegen damit losdüsen«, sagte Opa und ich beobachtete Piets Miene, konnte aber keine auffällige Reaktion ausmachen. Also ging ich mit ihm zum Schuppen, wo unsere Räder standen.

»Den solltet ihr aber besser mal abschließen«, sagte

Piet, nachdem ich die Tür geöffnet hatte. Sie wurde nur von einem einfachen Eisenhaken und -ring zugehalten. »Sonst klaut euch die eines Tages noch jemand.«

»Nicht hier in Morsum«, wandte Opa ein, der mitgekommen war, um seinen Werkzeugkasten zu holen. »Hier kann man nachts sogar die Haustür auflassen.«

»Wenn Sie meinen«, entgegnete Piet, schien aber keineswegs überzeugt.

Ich schob das Rad aus dem Schuppen und Piet hievte es auf den Dachgepäckträger neben seines. Dann machten wir uns auf den Weg in Richtung Hörnum.

»Traust du Antonia einen anonymen Drohanruf zu und dass sie Fahrradreifen zerschlitzt?«, fragte ich Piet ohne Umschweife, kaum dass wir losgefahren waren.

Da Piet auf der Straße Richtung Rantum einem Traktor ausweichen musste, antwortete er nicht gleich.

»Wie kommst du denn auf so etwas?«, fragte er, nachdem sein Überholmanöver geglückt war und wir wieder freie Fahrt hatten. Ich erzählte ihm, was sich in den letzten beiden Tagen ereignet hatte. Währenddessen schaute Piet konzentriert auf die Straße. Er fuhr deutlich langsamer und sicherer als Sven, der den vor ihm fahrenden Autos gern auf die Pelle rückte.

»Wenn du mich so fragst: Nein, das traue ich Antonia nicht zu«, antwortete er. »Sie hat dich zwar wegen Sven auf dem Kieker, aber so was passt nicht zu ihr. Ich kenne sie seit der Schulzeit und weiß, was für eine Zicke sie manchmal sein kann. Oder wie ehrgeizig sie ihre Ziele verfolgt. Aber jemandem Angst machen oder gar etwas mutwillig zu beschädigen, das ist absolut nicht ihr Stil.«

»Wer soll es dann sonst gewesen sein?«, fragte ich, nun ebenfalls unsicher. Piet hatte seine Argumente so überzeugend vorgebracht, dass ich dazu neigte, ihm zu glauben, auch wenn die Fakten dagegensprachen.

»Hat diese Anruferin dich denn persönlich mit Namen angesprochen, als sie dir drohte? Und hast du dich mit deinem Namen gemeldet?« Ich dachte nach. Mit Namen meldete ich mich grundsätzlich nie, weil ich davon ausging, dass die Anrufer wussten, wen sie sprechen wollten.

»Nein, weder noch«, sagte ich.

»Und wie war das mit den zerstochenen Reifen? Du hast gesagt, ihr habt eure Räder in Westerland zwischen vielen anderen geparkt. Es ist doch das Rad deiner Oma, nicht wahr? Wie sollte ein Außenstehender erkennen, dass du es an ihrer Stelle benutzt hast?«

»Vielleicht, weil er mich vorher beobachtet hat«, wandte ich ein. Meine Gedanken fuhren Karussell und ich wusste weniger denn je, was ich glauben sollte. »Du meinst also, dass es ein dummer Zufall war und die beiden Vorfälle nichts miteinander zu tun haben?« Das wäre zu schön, um wahr zu sein.

»Ich kann es natürlich nicht beschwören, aber ich gehe davon aus. Wer sollte dir denn bitte schaden wollen? Die Einzige, die nicht gut auf dich zu sprechen ist, ist in der Tat Antonia. Aber sie hat damals auch nicht versucht, Christina etwas anzutun, nachdem sich Sven in sie verliebt hat. Alle anderen hier mögen dich, weil du eine so natürliche Art hast.«

»Hm ... wenn das so ist ...«, antwortete ich zögerlich.

Ich war keineswegs überzeugt: Schließlich hatte mich die weibliche Stimme klipp und klar gewarnt, die Finger von Sven zu lassen. Aber ich behielt meine Zweifel für mich.

Mittlerweile waren wir in Hörnum angekommen und bogen auf einen Weg, an dessen Ende ein rotes Backsteingebäude stand. Die Aufschrift *Jugendgästehaus Möwennest* auf dem hellblauen Hinweisschild verriet, wie dieser Strandabschnitt zu seinem Namen gekommen war. Piet parkte neben zwei Bullys, die vermutlich Surfern gehörten. Und dann erinnerte ich mich auch wieder: Das Möwennest war einer der beliebten Spots auf Sylt. Hinter dem Gästehaus erhob sich die mit Strandhafer bewachsene Düne, davor stand eine große Hinweistafel mit Informationen über Hörnum und den Nationalpark Wattenmeer. Wir folgten dem Sandweg, der sich zunächst nach oben und dann auf der anderen Seite wieder abwärtsschlängelte, zum Meer. Vor uns erstreckte sich eine weite Gras- und Sandlandschaft, mal saftig grün, mal in gelblichen Sandtönen schimmernd. Davor lag, ungewohnt ruhig und tiefblau, die Nordsee in all ihrer Schönheit. Über unseren Köpfen zogen Möwen am blauen Himmel ihre Kreise und stießen ab und zu kreischend herab, um einen Fisch oder eine Krabbe zu fangen. Ein Sommertag wie aus dem Bilderbuch, der meine düsteren Gedanken vertrieb.

»Wusstest du, dass es hier so leer ist?«, fragte ich, weil Piet offenbar genauso berührt von diesem Anblick war.

An diesem Strandabschnitt war zwar ein Beachvolleyball-Netz gespannt, doch keine Menschenseele war weit und breit zu sehen. Nur in der Ferne übten einige Kiter ihre Tricks.

»Gewusst nicht, aber gehofft«, antwortete Piet. »So gern ich ab und zu feiere und den ganzen Trubel mag, brauche ich zwischendurch die Einsamkeit. Sylt ist am schönsten, wenn wenige Menschen hier sind. Deshalb liebe ich auch den Winter.«

»Aber warum kommst du mit mir hierher, obwohl heute gute Kitebedingungen herrschen?«, fragte ich, mich wundernd, kannte ich die Kiter inzwischen doch gut genug.

»Nun, wie gesagt, manchmal ziehe ich die Einsamkeit vor«, sagte Piet und sah mich an. »Gut, komm, lass uns ein bisschen am Strand spazieren gehen.«

Hin und wieder bückte ich mich, um rosafarbene Muscheln oder Austernschalen aufzuheben, die ich mit nach Berlin nehmen wollte. »Wieso bist du eigentlich nicht im Profisport aktiv?«, fragte ich unvermittelt. Mir war soeben klar geworden, dass ich eigentlich kaum etwas über Piet wusste. Im Grunde nicht mehr, als dass er in Hörnum wohnte und als Rettungsschwimmer arbeitete.

»Weil ich langfristig etwas ganz anderes machen will«, antwortete Piet. »Zwar surfe und kite ich immer noch gern und bin auch dabei, wenn einer unserer Jungs an einem Wettkampf teilnimmt. Aber nach meinen Aufenthalten auf Hawaii zieht es mich eher in eine andere, etwas spirituellere Richtung.« Ich erinnerte mich wieder daran, wie Konstantin Piet wegen seiner Eso-Masche aufgezogen hatte.

»Und was genau meinst du mit spirituell?«

»Ich habe vor, eine Ausbildung zum Lomi-Lomi-Masseur zu machen, und will mehr über hawaiische Heilmethoden lernen. Für mich ist der Aloha-Spirit nämlich mehr als nur eine Mode, der die Surfer huldigen. Für mich ist es ein Lebensgefühl, das einfach meinen Nerv trifft: Im Hier und Jetzt leben, sich nicht von negativen Gefühlen und Ängsten beherrschen lassen, darum geht es doch.«

Klang plausibel, fand ich. »Hast du denn schon eine Ausbildung gemacht?«, fragte ich und schämte mich sogleich für meine Neugier.

»Eigentlich bin ich gelernter Tischler. Das kommt mir auch beim Surfen zugute, weil ich die Boards selbst reparieren kann. Ursprünglich hatte ich vor, selbst Bretter zu konstruieren, also auf die Seite der Hersteller zu wechseln. Aber dann traf ich auf Hawaii einen alten Mann, der ... nun, der mein Leben von heute auf morgen verändert hat. Und nun jobbe ich als Rettungsschwimmer, um meine zweite Ausbildung zu bezahlen.«

»Ich finde es gut, dass du genau weißt, was du machen willst«, sagte ich. »Bei mir ist das Gegenteil der Fall. An einem Tag will ich Germanistik studieren und am übernächsten stelle ich mir vor, dass es bestimmt toll wäre, etwas Praktisches zu erlernen, etwas, das nicht durch Computer oder Roboter ersetzt werden kann. Tischler wird die Welt zum Beispiel immer brauchen oder Masseure.«

»Wenn du magst, gebe ich dir gern mal eine Kostprobe meiner Lomi-Lomi-Künste«, sagte Piet schmunzelnd.

War das eine Anmache oder einfach nur ein nettes Angebot? Schon wieder war ich verwirrt.

15

... aber eben diese ungeheuern Bilder rissen ihn gewaltig nach sich hin, weil er bedachte, dass Undine in Todesängsten unter ihnen sei, und allein ...

Mittlerweile waren zwei Tage vergangen, ohne dass etwas Aufregendes oder Dramatisches passiert wäre. Ich hatte einen schönen Tag am Strand mit Piet verbracht. Dabei hatte ich festgestellt, dass er zu den Jungs zählte, mit denen man über alles reden konnte, ohne Angst haben zu müssen, von ihnen angemacht zu werden. Irgendwann setzten wir uns an den Strand, aßen die Wassermelone, die Piet in einer kleinen Picknicktasche mitgebracht hatte, und chillten, bis die Sonne tiefrot im Meer versank.

Auch der Dienstag war ziemlich unspektakulär verlaufen. Ich hatte nichts weiter getan, als im Schatten auf Omas Liegestuhl zu dösen, Musik zu hören und Johannisbeeren aus dem Garten zu naschen, während ich den ersten Band der *Watersong*-Reihe las. Er handelte von gefährlichen Sirenen und den tödlichen Tiefen des Meeres. Das Buch war so spannend, dass ich beschloss, später nach Keitum zu radeln, um mir im Büchernest den zweiten Band zu kaufen. Aber vorher würde ich, wie ich es Oma versprochen hatte, noch Himbeeren, Johannisbeeren und Kirschen pflücken, die sie zu Marmelade einkochen wollte.

»Hast du Lust, mir zu helfen?«, fragte sie, als ich mit dem ersten Korb voller Himbeeren zu ihr in die Küche kam.

»Gern, sag mir einfach, was ich tun soll.« Ich bestaunte die unzähligen Einmachgläser, die Oma auf den Küchentisch gestellt hatte. Mama hatte nie Zeit oder Muße, sich ausgiebig in der Küche auszutoben. Kuchen und Marmelade kaufte sie im Supermarkt. Das Kochen teilten sie und Dad sich, je nach Lust und Zeit. Oder wir bestellten bei einem Lieferservice. »Aber sag mal, wer soll denn die viele Marmelade essen? Willst du einen Laden aufmachen oder ins Onlinegeschäft einsteigen?«

Oma lachte. »Gute Idee, vielleicht sollte ich das tun, anstatt das halbe Dorf zu versorgen. Eine Zeit lang hatte ich tatsächlich einen Stand auf dem Wochenmarkt in Westerland, aber bald stellte ich fest, dass ich mit dem Einkochen nicht mehr nachkam. Und dann habe ich wieder damit aufgehört.«

»Außerdem soll es ja auch Spaß machen und nicht in Stress ausarten.« Vorsichtig wusch ich die Himbeeren. Von den drei Fruchtsorten waren sie eindeutig am empfindlichsten. Und bargen ihre Geheimnisse ...

»Igitt!«, rief ich erschrocken, als sich aus einer Beere plötzlich ein grünlich behaartes Lebewesen herauswand, und schnippte sie hysterisch auf den Fußboden.

»Was ist los? Hast du eine Maus gesehen?« Opa war gerade mit einem Leinenbeutel in der Hand in die Küche gekommen und schaute erst zu mir, dann zu Oma und zuletzt auf den Fußboden. Dann lachte er schallend. »Mensch Tinka, das ist doch nur eine kleine Raupe. Hoffentlich hat sich das arme Ding beim Sturz nicht verletzt. Die hat garantiert mehr Angst vor dir als du vor ihr.«

»Da wäre ich mir aber nicht so sicher«, antwortete ich und betrachtete aus sicherem Abstand das grüne Tierchen, das sich wie ein Regenwurm auf dem Kachelboden wand.

»Guck mal, ist die nicht süß?« Opa hob die Raupe auf und setzte sie sich auf den Handrücken. Aber warum musste er sie mir auch noch unter die Nase halten! Jetzt würde ich garantiert nie, nie wieder Himbeeren essen. Weder einfach so noch in Form von Marmelade, ja noch nicht mal als Eis!

»Ja, ganz entzückend«, presste ich zwischen den Zähnen hervor und schloss die Augen. Das war der Vorteil am Berliner Großstadtleben, man kam so gut wie nie in Berührung mit solchem Getier.

»Bring die Raupe raus, Eycke, und lass Tinka in Ruhe!« Oma bedachte ihren Mann mit einem strengen Blick. »Unser Lämmchen ist ja schon ganz grün im Gesicht.«

Opa gehorchte und verließ mit dem Objekt des Anstoßes die Küche. »Ich nehme an, du hast nichts dagegen, wenn ich den Rest der Himbeeren wasche?«, fragte Oma schmunzelnd und ich nickte.

»Die Kirschen und Johannisbeeren übernehme ich dann gern wieder, die haben nämlich keine Löcher«, antwortete ich und machte mich daran, den Inhalt von Opas Leinenbeutel auszupacken: Zucker, Zimt, Agavendicksaft und andere Zutaten, die Oma ihm zu kaufen aufgetragen hatte. »Brauchst du was aus dem Büchernest? Ich radle heute Nachmittag nach Keitum, um mir den zweiten Band der Reihe zu holen, die Larissa mir empfohlen hat. Oder kann ich dir sonst irgendetwas mitbringen?«

»Ja, Tee zum Beispiel. Ich schreibe dir meine Lieblingssorten auf einen Zettel. Nirgendwo gibt es so gute Mischungen wie in der Keitumer Teestube.«

Während sie etwas auf den Notizblock kritzelte, der immer auf der Anrichte in der Küche lag, begann ich, die Kirschen zu waschen, wobei ich jede einzelne von ihnen äußerst misstrauisch beäugte.

Nach dem Mittagessen und einer kleinen Siesta im Schatten des Kirschbaums machte ich, mich auf den Weg ins Nachbardorf Keitum. Ich holte das Rad aus dem Schuppen und packte einen Einkaufsbeutel sowie einen Blumenstrauß für Bea Hansen, die Besitzerin des Büchernests, in den Fahrradkorb. Es war ein kleiner Aufmunterungsgruß von Oma, da Bea Hansen an einer Sommergrippe erkrankt war.

Voller Vorfreude auf die Fortsetzung der spannenden Geschichte um Gemma schwang ich mich aufs Rad und trat kräftig in die Pedale. Da auf der Landstraße kaum ein Auto unterwegs war, erhöhte ich das Tempo. Hey, ich war jung, es war Sommer und meine Laune hatte sich in den vergangenen Tagen ein wenig gebessert, obwohl ich immer mal wieder an Sven denken musste, was meine Stimmung sofort ein wenig trübte. Doch das Gespräch mit Piet hatte mir gutgetan und mich von meinen düsteren Gedanken wegen der merkwürdigen Vorkommnisse der vergangenen Tage abgelenkt. Irgendwie hatte mich eine Art Aufbruchsstimmung ergriffen und ich dachte wieder intensiver darüber nach, was ich später einmal mit meinem Leben anfangen wollte. Was auch dringend nötig war!

Jule und ich sollten im nächsten Schuljahr am Gymnasium mal wieder ein freiwilliges Praktikum machen und ich hatte leider keinen blassen Schimmer, wo ich mich bewerben wollte. Jule, zielorientiert wie immer, hatte bereits einen Platz auf einem Pferdegestüt. Als Piet mir mit leuchtenden Augen vom Aloha-Spirit und der Ausbildung zum Lomi-Lomi-Masseur erzählt hatte, war seine Begeisterung ansteckend gewesen, und ich hatte mich gefragt, ob nicht ein Praktikum in einer Buchhandlung toll wäre. Gerade als ich im Geiste die Buchhandlungen in Berlin durchging, bei denen ich mich bewerben könnte, querte ein Feldhase die Straße. Ich erschrak und betätigte mit aller Kraft die Bremsen. Doch das Fahrrad reagierte nicht, sondern schoss mit unverminderter Geschwindigkeit weiter. Panisch riss ich die Lenkstange herum, geriet auf die gegenüberliegende Fahrbahn und kippte dann mit dem Rad zur Seite. Aus dem Augenwinkel sah ich ein Auto auf mich zurasen.

Ich schloss die Augen.

Dies war also der Moment, in dem ich sterben würde ...

Als ich die Augen wieder öffnete, blickte ich in das Gesicht einer freundlichen älteren Dame, die mich abtastete und mit besorgter Miene fragte, ob es mir gut gehe.

Doch ich war nicht in der Lage, ihr zu antworten.

Meine Zunge war schwer wie Blei, in meinem Kopf wütete ein Presslufthammer. Ich fühlte mich unendlich kraftlos. Selbst die Augen konnte ich nicht länger offen halten. Wie von ferne vernahm ich Stimmengwirr, das aggressive Geräusch einer Sirene. Und dann war da nichts als Dunkelheit ... und endlich, endlich Stille ...

Das Nächste, was ich sah, als ich wieder zu mir kam, waren Oma und Opa. Sie saßen neben einem Bett, das garantiert nicht das in meinem Zimmer unter dem Dach war.

»Gott sei Dank bist du wieder wach, mein Lämmchen.« Oma stand auf und hauchte mir einen Kuss auf die Stirn. »Ich bin ja so froh, dass dir nichts Schlimmeres passiert ist. Du hättest ...«

»Nun lass die Kleine erst mal in Ruhe zu sich kommen, Inken«, sagte Opa und tätschelte vorsichtig meinen linken Arm, der von einem Verband bedeckt war, wie mir jetzt erst auffiel. Ich versuchte, mich daran zu erinnern, was geschehen war. Weshalb ich im Krankenhaus lag.

Augenblicklich schossen mir wirre Bilder durch den Kopf: Ich beim Meeresleuchten mit Sven im Boot, der graue Asphalt, Piets Lächeln, mein Versuch, mich im Fallen mit der linken Hand aufzustützen, Wienke, die mir ein Eis brachte, Okke im Twisters beim Wenden der Burger-Frikadellen, die Welle, die beim Kiten auf mich zurollte und mich in die Tiefe riss, Antonia im Schein des Lagerfeuers am Königshafen, das winkende Mädchen, das um Hilfe rief, das Auto, das auf mich zuraste.

»Wo bin ich?« Meine Stimme zitterte beim Sprechen.

»In der Klinik in Westerland«, antwortete Oma. »Du hast eine Gehirnerschütterung, dein Steißbein ist geprellt und dein Arm angebrochen. Aber das wird alles wieder, du wirst schon sehen. Hast du Schmerzen, mein Lämmchen?«

Ich versuchte zu erspüren, wie es mir ging. Doch mein Körper fühlte sich seltsam fremd an, beinahe so, als gehörte er gar nicht zu mir. Da mir nichts wehtat, wollte ich den Kopf schütteln, und bemerkte erst jetzt, dass ich eine Halskrause trug.

»Gut, dann wirkt das Schmerzmittel, das sie dir gegeben haben«, sagte Opa.

»Was ist mit dem Fahrrad?« Bestimmt war es nach dem Unfall schrottreif.

»Das ist gerade bei der Polizei zur Untersuchung«, antwortete Opa. »Es ist nämlich so, dass ...«

»Ach was, lass uns jetzt nicht über dieses alberne Rad reden«, fiel Oma ihm ins Wort, während ich überlegte, warum die Polizei das Rad untersuchen wollte. Schließlich war niemand außer mir in den Unfall verwickelt gewesen. Dass ab und zu Tiere auf die Straße liefen, war gerade auf dem Lande alles andere als ungewöhnlich. Und hätten nicht die Bremsen versagt ...

In diesem Moment fiel mir wieder ein, wie verzweifelt ich versuchte hatte, das Tempo zu drosseln und zum Stehen zu kommen. Doch vergeblich. Weder die Handbremse noch die Rücktrittbremse hatten funktioniert. Dabei wusste ich genau, dass sie beim letzten Mal noch bestens funktioniert hatten.

Doch dann kamen mir wieder die zerstochenen Reifen

in den Sinn. Und sofort stieg Panik in mir hoch. War das wirklich ein dummer Zufall gewesen, wie Piet mir hatte weismachen wollen? Oder hatte es doch jemand gezielt auf mich abgesehen? Jemand, der auch nicht davor haltmachte, mich in Lebensgefahr zu bringen.

Jemand, der um jeden Preis wollte, dass ich von der Insel verschwand ...

16

... denn ein schweres Wetter zog wieder am Abendhimmel herauf, und man konnte in der Dämmerung bemerken, wie die Wogen des Sees ihre weißen Häupter schäumend emporrichteten, als sähen sie sich nach dem Regen um ...

Geht's dir gut?« Wienke schaute mich besorgt an. Seit drei Tagen war ich wieder zu Hause bei meinen Großeltern und heilfroh, nicht länger im Krankenhaus bleiben zu müssen. Das Wetter war umgeschlagen und so saßen Wienke und ich in meinem Zimmer unterm Dach, tranken Tee und aßen Omas leckeren Kirschkuchen. Plötzlich aufgekommener Wind trieb die Wolkenberge in Höchstgeschwindigkeit über den Himmel und peitschte die Zweige der vor dem Haus stehenden Birke gegen die Fensterscheibe.

Trotz der steifen Brise hatte Wienke es sich nicht nehmen lassen, mit dem Rad herzufahren. Als Genesungsgeschenk hatte sie mir zwei Modezeitschriften und ein paar von Okkes leckeren Donuts mitgebracht.

»Mein Nacken tut zwar noch weh und den Verband am Arm zu haben, ist echt lästig, aber sonst ist alles halbwegs okay. Bis auf die Tatsache, dass ich wegen der Steißbeinprellung kaum sitzen kann. Trotz Omas geheimnisvoller

Globuli und selbst gemachter Arnikasalbe wird es wohl noch eine Weile dauern, bis ich wieder ganz fit bin«, sagte ich auf Wienkes Frage nach meinem Wohlbefinden hin.

»Und was sagt die Polizei?«

»Die haben das Rad beschlagnahmt und untersuchen es auf Spuren. Fest steht, dass die Bremsen manipuliert wurden, was zusammen mit dem Drohanruf und den zerstochenen Reifen beweist, dass es jemand gezielt auf mich abgesehen hat. Freitag kommen meine Eltern, um mich abzuholen. Und bis dahin darf ich ohne meine Großeltern nirgendwohin. Oma würde am liebsten mit mir auf die Toilette gehen, weil sie solche Angst um mich hat.«

»Wieso holen deine Eltern dich denn erst am Freitag? An ihrer Stelle wäre ich sofort hergefahren und hätte dich mitgenommen.«

»Das wollten sie auch.« Wieder das unangenehme Ziehen im Nacken, das von meinem Schleudertrauma herrührte. »Aber ich möchte lieber noch ein bisschen hierbleiben, anstatt mit wehenden Fahnen von der Insel zu flüchten. Wer weiß denn schon, wann ich wiederkomme? Zum Beispiel wollte ich mich noch von dir und Okke verabschieden.«

Und von Piet, dachte ich mit einem mulmigen Gefühl.

Wienke nickte und ich sah, dass ihre Augen verdächtig schimmerten. »Ja, das kann ich verstehen. Aber hast du denn gar keine Angst? Als ich in der Zeitung gelesen habe, was passiert ist, bin ich beinahe durchgedreht vor Sorge. Erst die Sache mit den Reifen und nun das. Ich meine, wer tut so etwas? Ich an deiner Stelle würde verrückt werden und Personenschutz beantragen oder so was in der Art ...«

»Ja, stimmt, das wär's. So ein sexy Bodyguard, der mich rund um die Uhr bewacht ...«, sagte ich und musste wider Willen kichern. Seit dem Unfall lebte ich wie unter einer Glasglocke. Ich nahm alles um mich herum wahr, als wäre ich lediglich eine unbeteiligte Zuschauerin, die sich ein abgedrehtes Theaterstück durch eine Glassscheibe hindurch anschaute. Die Klinikärzte sagten, das sei normal, denn ich stünde immer noch unter Schock. Auch rieten sie mir, mich in Berlin in therapeutische Behandlung zu begeben. Posttraumatische Belastungsstörung lautete der Fachbegriff für meinen Zustand.

»Haben Sven oder Piet sich bei dir gemeldet?«, fragte Wienke.

»Beide haben sofort angerufen, als sie in der Zeitung vom Unfall gelesen haben. Sie wollten mich im Krankenhaus besuchen, aber das wollte ich nicht. Seit unserem Ausflug in der Nacht des Meeresleuchtens hat zwischen uns Funkstille geherrscht und Piet ... nun ja ...«

Sollte ich Wienke ehrlich sagen, dass er für mich ganz oben auf der Liste der Verdächtigen stand? Mein Fahrrad hatte sich auf dem Dachgepäckträger seines Autos befunden und er hätte genügend Zeit gehabt, meine Bremsen zu manipulieren, da er am Strand längere Zeit weg gewesen war, um zu telefonieren. Außerdem war Piet Tischler und besaß somit die nötigen handwerklichen Fähigkeiten.

»Sven ist jetzt übrigens wieder ein bisschen enger mit

Antonia«, sagte Wienke und vermied es, mich anzusehen. »Frag mich nicht, warum, aber die beiden wurden in den letzten Tagen häufig Arm in Arm gesehen.«

Zu meinem großen Erstaunen ließ mich diese Nachricht ziemlich kalt. Ob das ebenfalls an meinem Schock lag oder daran, dass Sven an dem Abend in der Sansibar eine extrem unschöne Seite offenbart hatte, mit der ich nicht umgehen konnte, wusste ich nicht. Und dass er womöglich wieder mit Antonia zusammen war, bestätigte meine Vorbehalte ihm gegenüber nur noch.

Die Sache mit Piet belastete mich dagegen weitaus mehr. Konnte jemand, der so sympathisch war, mit dem ich mich so gut unterhalten hatte und der noch dazu als Rettungsschwimmer arbeitete, wirklich so etwas Kriminelles tun? Und wenn ja, warum?

»Das freut mich für Sven«, antwortete ich ein wenig lahm, während ich in Gedanken immer noch bei Piet war. »Na ja, ich wäre nach den Sommerferien ohnehin weg gewesen und habe zudem null mit diesem ganzen Surfkram am Hut.«

»Ich finde auch, dass ihr nicht zusammenpasst«, sagte Wienke und sah mich wieder offen an. Vermutlich war sie erleichtert, dass ich nicht gekränkt wirkte. »Sven zieht es magisch aufs Wasser, auf dem Land wird er schnell depressiv. Auch will er immer noch nach Hawaii oder Brasilien, so wie er es mit Christina geplant hatte. Anhänglich, wie Antonia ist, würde sie ihm garantiert überallhin folgen. Am besten, du vergisst die beiden ganz schnell und konzentrierst dich darauf, gesund zu werden.«

Wieder krachte etwas gegen das Fenster. Diesmal war es allerdings kein Birkenzweig, sondern ein Vogel, der nun auf dem Sims saß, sich zum Glück schnell wieder berappelte und davonflog. Ich musste Opa bei nächster Gelegenheit bitten, einen Aufkleber an die Scheibe zu machen.

»Tja, vergessen ist in diesem Fall gar nicht so einfach. Weil ich irgendwie den Verdacht nicht loswerde, dass Antonia hinter alldem steckt.« Auf einmal war ich entschlossen, aufs Ganze zu gehen. Antonia und Wienke waren keine dicken Freundinnen und irgendjemand hatte es auf mich abgesehen – hatte vielleicht sogar meinen Tod gewollt. Das konnte ich nicht einfach ignorieren und dann zur Tagesordnung übergehen, als wäre nichts weiter passiert. »Sie hatte sicherlich nicht vor, mich zu ermorden oder so … aber ganz bestimmt wollte sie mich loswerden, weil sie fürchtete, ich würde ihr Sven wegschnappen.« Ich versuchte, in Wienkes Gesicht zu lesen, doch ihre Miene blieb undurchdringlich. Mich durchzuckte kurz die Erinnerung daran, dass auch sie an dem Tag, als meine Reifen zerstochen wurden, eine Weile verschwunden gewesen war. Dabei hätte sie problemlos die Bremsen manipulieren können. Denn Opas Schuppen war nicht einmal abgeschlossen, wie Piet so richtig bemerkt hatte. Steckte sie am Ende mit Antonia unter einer Decke? Waren die beiden enger miteinander befreundet, als ich dachte? Hatte Antonia sie womöglich zur Handlangerin ihres schmutzigen Spielchens gemacht, weil sie wusste, dass ich Wienke mochte?

Mit einem Mal hatte ich das Gefühl, keine Luft mehr

zu bekommen, und wollte nur noch eins: Dass Wienke ging, und zwar sofort! Doch mit welcher Begründung konnte ich sie loswerden? Sie war doch noch keine zwanzig Minuten hier. In meiner Not half nur eins – die Krankenkarte ausspielen! Ich griff mir mit dramatischer Geste an den Kopf, verzog das Gesicht und gab einen schmerzerfüllten Laut von mir. Wienke reagierte wie erhofft.

»Oh mein Gott, Tinka. Geht's dir nicht gut? Hast du Schmerzen? Soll ich deine Oma holen?« Oh ja, das war eine gute Idee. Oma würde Wienke hinausbefördern. Ich tat, als hätte es mir vor Schmerzen die Sprache verschlagen, und nickte stumm. Wienke stürmte nach unten, um meine Großmutter zu holen. Die kam prompt wie ein geölter Blitz nach oben gelaufen.

»Mein armes Lämmchen«, sagte sie bedauernd und streichelte mir über den Kopf. »Leg dich besser mal hin und dann kriegst du noch ein paar Globuli. Wienke, ich begleite dich hinaus. Tut mir leid, dass du dich bei diesem Wind extra herbemüht hast, aber ich fürchte, Tinka hat sich ein bisschen zu viel zugemutet.«

Erleichtert hauchte ich Wienke zu: »Wir telefonieren«, bevor sie die Treppe nach unten ging.

»Sag mal ...«, begann Oma, als sie wieder bei mir war, und überwachte mit strenger Miene die Einnahme der Globuli. »Wir sind heute Abend auf dem siebzigsten Geburtstag von Opas bestem Freund eingeladen. Wäre es in Ordnung, wenn ich wenigstens für ein halbes Stündchen hinübergehe? Du weißt, wie ungern ich dich alleine lasse, aber ich möchte dem alten Tönnissen doch wenigstens kurz gratulieren und ihm die Torte bringen, die ich für ihn gebacken habe.«

»Meinetwegen kannst du so lange bleiben, wie du willst. Du brauchst dir um mich keine Sorgen zu machen. Ich schaue eine DVD, telefoniere mal wieder mit Jule und schlafe bestimmt bald, weil ich immer noch ziemlich schlapp bin.«

Oma schaute mich skeptisch an. »Ich weiß nicht, Lämmchen. Irgendwie habe ich kein gutes Gefühl dabei.«

»Wie wär's mit einem Babyphone?«, scherzte ich, um Omas Bedenken zu zerstreuen. »Aber ich glaube, das Handy tut es auch. Ich rufe an, wenn ich euch brauche, okay? Macht euch einen netten Abend. Opas Freund wird schließlich nur einmal siebzig.«

Das Argument mit dem Handy zeigte Wirkung.

Um acht verabschiedeten sich meine Großeltern, nicht ohne mir zuvor noch einen Teller Krabbensuppe und einen Stapel belegter Brote zu bringen, mit denen ich halb Morsum satt bekommen hätte. Kaum waren die beiden zur Tür hinaus, klingelte mein Handy. Es war Piet. Erschrocken starrte ich auf das Display, weil ich nicht leugnen konnte, dass mir das Timing seines Anrufs ein wenig Angst machte.

Als hätte er auf der Lauer gelegen und nur darauf gewartet, dass Oma und Opa das Haus verließen. Ich ließ es klingeln, bis er schließlich aufgab. Doch jetzt hatte ich erst recht kein gutes Gefühl dabei, alleine im Haus zu sein. Und schon gar nicht bei diesem Unwetter.

Sicherheitshalber ging ich nach unten und überprüfte, ob alle Türen verschlossen waren. Erst nachdem ich jede von ihnen gefühlte fünfmal kontrolliert hatte, legte sich meine Nervosität allmählich wieder und ich ging nach oben, um Jule anzurufen.

Doch die hatte mittlerweile eine WhatsApp-Nachricht geschickt. White Beauty habe eine Kolik und der Tierarzt müsse kommen. *Bin echt froh, wenn du wieder sicher daheim in Berlin gelandet bist, dann muss ich mir nicht länger Sorgen um dich machen,* schrieb sie.

Ich hatte mich so darauf gefreut, Jules beruhigende Stimme zu hören, umso enttäuschter war ich, dass sie wieder mal keine Zeit zum Telefonieren hatte.

Um mich ein bisschen abzulenken, lud ich die letzte Staffel von *Gossip Girl* auf meinen Laptop. Bald war ich in der Glitzerwelt der Intrigen rund um eine New Yorker Clique versunken und hatte schnell alles um mich herum vergessen. Oma schien sich ebenfalls zu amüsieren, denn um halb elf war sie immer noch nicht daheim.

Schließlich bekam ich einen regelrechten Gähnanfall, meine Augen wurden immer schwerer und ich schaffte es nur noch, das Tablett mit den belegten Broten auf den Nachttisch zu stellen und den Deckel des Laptops zuzuklappen. Dann kippte ich zur Seite und sank in einen tiefen Schlaf.

Das Nächste, was ich hörte, war Sturmklingeln und Trommeln an der Tür. Dann wurde ein Stein gegen die Fensterscheibe geworfen und landete direkt vor meinem Bett.

Oh mein Gott, was war denn los?

Panisch sprang ich aus dem Bett und öffnete das zur Straßenseite gelegene Fenster. Dabei achtete ich darauf, nicht in die Scherben der gesplitterten Scheibe zu treten. Als ich nach unten schaute, sah ich Piet.

Er stand vor dem Fenster, wedelte hektisch mit den Armen und schrie: »Tinka, es brennt! Komm sofort herunter.«

Jetzt roch ich es auch. Beißender Rauch, der mir binnen Sekunden Tränen in die Augen trieb.

Und ich sah den hellen Schein eines Feuers.

Obwohl meine Beine wie verrückt zitterten, schaffte ich es irgendwie, in meine Sneakers zu schlüpfen und mir eine Jacke zu schnappen. Dann raste ich nach unten, riss die Haustür auf und sah, was passiert war: Der Fahrradschuppen stand in Flammen. Nicht mehr lange, dann würde das Feuer aufgrund des starken Windes aufs Haus und die Ställe übergreifen. Schon hörte ich das aufgeregte Gackern der Hühner und das Muhen der Kühe.

»Gehen Sie aus dem Weg!«, herrschte mich jemand barsch an und riss mich vom Haus weg.

Aus dem Augenwinkel sah ich, wie mehrere Feuerwehrmänner versuchten, den Brand zu löschen. Ich selbst lag in Piets Armen, der ebenso zitterte wie ich, mich aber so fest umschlungen hielt, als würde er mich nie wieder loslassen wollen.

»Bin ich froh, dass ich vorbeigekommen bin«, murmelte er. »Nicht auszudenken, was passiert wäre, wenn ich diese Schlange nicht dabei erwischt hätte, wie sie das Feuer gelegt hat. Zum Glück war ich rechtzeitig da, um Schlimmeres zu verhindern.«

Ich wollte noch fragen: *Welche Schlange?*, doch schon wurde mir schwarz vor Augen. Als ich wieder zu mir kam, leuchtete mir jemand mit einer Lampe ins Gesicht und murmelte unverständliches Zeug.

Das Letzte, was ich hörte, war Omas Stimme. »Lämmchen, geht es dir gut? Ist alles in Ordnung mit dir?«

Dann versank alles um mich herum in Dunkelheit.

17

»Sie ist eine Zauberin«, rief Bertalda, »eine Hexe, die mit bösen Geistern Umgang hat. Sie bekennt es ja selbst.«

Das Erwachen war grauenvoll.

Ich hatte wieder starke Kopfschmerzen und das Gefühl, nicht mehr als maximal fünf Minuten am Stück geschlafen zu haben.

»Guten Morgen, Lämmchen«, sagte Oma, als ich die Augen öffnete und versuchte, mich zu orientieren. »Kannst du schon sagen, wie es dir geht?«

Ich versuchte, mich aufzusetzen, und spürte, dass jeder einzelne Muskel meines Körpers schmerzte, als hätte ich die letzten Tage für einen Wettkampf trainiert und mich dabei vollkommen verausgabt. Während ich mich umblickte, dämmerte es mir allmählich, warum ich mich wie erschlagen fühlte. Zum einen lag es natürlich an dem Brand, der mich so jäh aus dem Schlaf gerissen hatte. Und zum anderen daran, dass ich den Rest der vergangenen Nacht im Bett meiner Oma verbracht hatte. Zum ersten Mal, seit ich ein kleines Kind gewesen war.

»Bis auf die üblichen Schmerzen ganz okay«, schwindelte ich. »Konnte die Feuerwehr den Brand löschen?« Alles, was in der vergangenen Nacht passiert war, lag noch irgendwo im Nebel, wie so vieles, was sich seit meiner Ankunft auf Sylt ereignet hatte.

»Zum Glück ist alles einigermaßen glimpflich abgelaufen.« Oma saß komplett angezogen neben mir auf der Bettkante. »Der Schuppen und der Hühnerstall sind zwar abgebrannt, aber Eycke konnte die Hühner in letzter Minute mithilfe von Piet retten. Allerdings mussten sie umquartiert werden, genau wie die beiden Kühe, weil Löschwasser in den Stall gelaufen ist und es furchtbar nach Rauch stinkt. Gut, dass wir so nette und hilfsbereite Nachbarn haben. Das Wichtigste ist aber, dass dir nichts weiter passiert ist.«

Wow! Piet hatte also nicht nur mir das Leben gerettet, sondern auch den Tieren meiner Großeltern. Und das Haus obendrein. Vermutlich war es allein seinem Anruf bei der Feuerwehr zu verdanken, dass der Brand nicht alles zerstört hatte, was meinen Großeltern lieb und teuer war.

»Dann bin ich ja erleichtert!« Ich massierte meine Beine, die sich anfühlten, als gehörten sie gar nicht zu mir. »Aber was hat Piet gemeint, als er von einer Schlange gesprochen hat?« Ich trank ein halbes Glas Wasser leer, weil meine Kehle ausgedörrt war. »Ich kann mich kaum noch an etwas erinnern. Es war ein solcher Schock. Es war so ... unwirklich ... so furchtbar.«

Oma strich mir eine Haarsträhne hinters Ohr. »Glaub mir, es ist besser, wenn du dich nicht an jedes Detail erinnerst, Lämmchen. Die Polizei wird uns alles erklären, wenn wir auf dem Revier sind. Sie haben gesagt, dass sie uns sprechen wollen, sobald du in der Lage dazu bist.«

Eine Stunde später saßen Oma, Opa und ich Olaf Boysen gegenüber. Es war derselbe Beamte, der bereits die Anzeige gegen unbekannt aufgenommen hatte, nachdem die Reifen meines Fahrrads zerstochen worden waren. Nachdem er uns mit einem freundlichen »Moin« begrüßt hatte, wurde seine Miene sofort wieder ernst. »Sagt Ihnen der Name Annabell Peters etwas, Kathinka?«

Zunächst war ich ein wenig verdattert, weil kaum jemand mich mit vollem Namen ansprach. Aber so stand es nun mal in meinem Personalausweis. Ich überlegte. Peters war ein Allerweltsname und kam mir daher bekannt vor, aber der Vorname?!

»Nein, leider nicht«, antwortete ich und wartete mit angehaltenem Atem darauf, was jetzt kam. War Annabell die *Schlange,* von der Piet in der Brandnacht gesprochen hatte?

»Aber vielleicht kennen Sie Antonia Peters, ihre Tochter? Wie mir zu Ohren gekommen ist, verkehren Sie seit Ihrer Ankunft auf Sylt in der Surferclique, die sich regelmäßig im Twisters trifft und zu der auch Sven Ingwersen gehört?«

»Ja, das stimmt«, murmelte ich, während es in meinem Kopf ratterte. Olaf Boysen musterte mich eindringlich und ich sah erst jetzt, dass er ein Foto in der Hand hielt. Er schaute zunächst auf das Bild in seiner Hand, dann sah er mich forschend an.

»Annabell Peters ist die Mutter von Antonia Peters und vermutlich die Brandstifterin. Wahrscheinlich ist sie auch für die zerstochenen Reifen verantwortlich und die Manipulation der Bremsen an Ihrem Rad.«

Mir klappte beinahe die Kinnlade herunter.

Opa räusperte sich hörbar und Oma umklammerte meine Hand so fest, dass es beinahe wehtat. »Jedenfalls hat sie das gestern Nacht bei ihrer Festnahme gestanden.«

»Aber was hat diese Frau mit meiner Enkelin zu tun?«, fragte Opa, auf dessen Stirn eine dicke Ader hervorgetreten war, ein sicheres Zeichen dafür, dass er sich fürchterlich aufregte.

Der Beamte schaute erneut auf das Foto in seiner Hand und zeigte es dann meinen Großeltern. Als ich sah, um wen es sich handelte, überlief mich ein Schauer. Die Aufnahme zeigte Christina vor ihrem Start beim Kitesurf World Cup, selig in die Kamera lächelnd, nicht ahnend, dass sie nur wenige Stunden später tot sein würde.

»Annabell Peters scheint geistig verwirrt zu sein und unter großem seelischen Druck zu stehen. Sie hat meinen Kollegen gestern Nacht nicht nur die Anschläge auf Ihre Enkelin gestanden, sondern auch ihre Schuld am Tod der jungen Christina Hendrik im Sommer vor zwei Jahren in St. Peter-Ording. Wie es aussieht, hat sie vor dem Wettkampf die Safety-Leash manipuliert, was später zu dem tödlichen Unfall geführt hat. Ich nehme an, Sie haben von dieser schrecklichen Tragödie gehört?«

Wir nickten alle drei. Ich war jedoch so geschockt, dass ich keinen klaren Gedanken mehr fassen konnte. Alles wirbelte in meinem Kopf durcheinander – die Erinnerung daran, wen ich alles verdächtigt hatte, all die Vermutungen, die mich in den letzten Tagen so geplagt hatten. Meine Angst vor Wienke war demnach zu meiner großen Erleichterung genauso unbegründet gewesen wie meine Furcht vor Sven und nicht zuletzt die Panik vor Piet. In Wahrheit hatte keiner von ihnen mir auch nur ein Härchen krümmen wollen, genauso wenig wie Antonia, die Verdächtige Nummer eins auf meiner Liste, egal wie sehr Piet auch versucht hatte, mich vom Gegenteil zu überzeugen.

»Aber was hat das alles zu bedeuten?«, fragte Oma, kreidebleich im Gesicht. »Ich erkenne natürlich die große Ähnlichkeit zwischen Christina und Kathinka, doch was hat das mit diesen Anschlägen zu tun? Und was hat diese Frau Peters gegen meine Enkelin – und gegen uns? Wenn Piet nicht gewesen wäre, stünden wir jetzt wahrscheinlich ohne Haus und Hof da. Was hat unsere Familie dieser Frau getan, dass sie uns auf so grausame Weise schaden wollte?«

»Momentan wissen wir noch nichts Genaues. Frau Peters wird einstweilen von einem Psychiater untersucht. Aber es deuten alle Anzeichen daraufhin, dass sie geglaubt hat, in Ihrer Enkelin die ... die ...« – dem Beamten fiel es sichtlich schwer, den restlichen Satz auszusprechen – »... wiedergeborene Christina zu erkennen. Und genau wie sie zuvor Christina ermordete, hat sie es nun auf Kathinka abgesehen gehabt. Über ihre Motive und die genauen Umstände kann ich Ihnen zu diesem Zeitpunkt leider nichts sagen. Wir werden aber natürlich alles Erdenkliche tun, um diesen schlimmen Vorfall möglichst schnell aufzuklären. Das kann allerdings noch ein paar Tage dauern und hängt vor allem davon ab, ob Frau Peters bereit ist, ihr Geständnis von letzter Nacht noch einmal schriftlich zu Protokoll zu geben.«

»Haben Sie zufällig ein Bild von Annabell Peters?«, fragte ich, einem Impuls folgend.

Der Beamte nickte und drehte den Monitor seines Computers in meine Richtung. Und da war sie: die Frau, der ich sowohl auf dem Friedhof in Westerland begegnet war als auch an der Seite ihrer Tochter Antonia in der Buchhandlung in Keitum. Ich berichtete davon.

»Sie sagen, Sie haben sie auf dem Friedhof der Heimatlosen getroffen?« Olaf Boysen strich sich nachdenklich übers Kinn.

»Ja, sie hat dort Blumen auf dem Rasen niedergelegt. Soweit ich mich erinnern kann, aber nicht an einem der Holzkreuze. An die exakte Stelle erinnere ich mich leider nicht mehr, weil es zu regnen begann und ich losmusste. Allerdings weiß ich noch sehr genau, wie sie mich angestarrt hat. Ich bekomme jetzt noch Gänsehaut, wenn ich nur daran denke.«

»Aber wieso hast du mir gar nichts davon erzählt?«, sagte Opa vorwurfsvoll. »Spätestens, als der Zirkus mit den zerstochenen Reifen anfing, hättest du es mir sagen müssen.« Mein Herz hämmerte gegen meine Brust. *Hätte ich den Unfall mit dem Rad vermeiden können?*, fragte ich mich beschämt.

»Eycke, nun beruhig dich mal wieder, denk an deinen Blutdruck!« Oma ließ meine Hand los und tätschelte beschwichtigend seinen Arm. »Und dieses ›hätte ... wäre‹ bringt jetzt auch nichts mehr. Viel wichtiger ist, dass die Frau niemandem mehr schaden kann. Weder unserer Tinka noch uns noch sonst jemandem. Sie muss wirklich sehr krank sein, wenn sie solche Dinge tut.«

Das war allerdings wahr. Ich versuchte, die Bilder auf dem PC des Beamten mit denen einer mutmaßlichen Mörderin in Einklang zu bringen. Die Fotos zeigten eine attraktive Frau, die Besitzerin einer erfolgreichen Restaurantkette und Mitglied der Sylter High Society, die stets eine perfekte Figur machte: strahlendes Lächeln, sicheres Auftreten und von Kopf bis Fuß eine gepflegte Erscheinung.

Wenn sie wirklich schuldig war, würde sie für eine lange Zeit ins Gefängnis müssen. Oder in eine psychiatrische Einrichtung.

»Nun, wir werden sehen, was die psychologische Untersuchung ergibt. Ich melde mich bei Ihnen, sobald wir Näheres wissen.«

Kaum hatten wir das Polizeirevier verlassen, klingelte mein Handy. Es war Piet. Und diesmal ging ich dran. Ich trat ein paar Schritte zur Seite, um ungestört mit ihm sprechen zu können. Während mein Großvater kopfschüttelnd die Straße auf und ab ging, stand meine Oma einfach nur da und schien mit den Tränen zu kämpfen. Die beiden waren immer noch so fassungslos und zutiefst geschockt, dass sie mir leidtaten.

»Wie geht es dir?«, fragte Piet besorgt. Sogleich fühlte ich mich von seiner warmen Stimme eingehüllt wie von einer kuscheligen Daunendecke. Ich erzählte ihm mit wenigen Worten, was wir gerade auf dem Revier erfahren hatten. Dass der Beamte uns gebeten hatte, nicht über Frau Peters zu reden, bevor es ein gültiges Geständnis gab. Dennoch hatte ich das tiefe Bedürfnis, ihm für seinen heldenhaften Einsatz zu danken, und fand, dass er ein Recht darauf hatte zu erfahren, wer mutmaßlich die Anschläge auf mich begangen hatte.

Eine Weile sagte Piet gar nichts, dann stieß er hervor: »Ich fasse es nicht. Weißt du, was es für Sven bedeuten würde, wenn Annabell das wirklich getan hat?« Ich beschloss, großzügig darüber hinwegzusehen, dass ihm Svens Befinden momentan wichtiger schien als meines – schließlich hatte ich zweimal mit einem Bein im Grab gestanden ... Andererseits war er Svens Freund und es somit nur allzu verständlich, dass Piets Mitgefühl in erster Linie ihm galt. »Seit Christinas Tod dreht er am Rad, weil er sich die Schuld gibt«, fuhr Piet fort. »Beinahe wäre er an dieser Tragödie zerbrochen; er hat seine ganze Lebensfreude verloren, all seine Träume wurden mit einem Schlag zunichtegemacht. Und nun stellt sich heraus, dass Antonias Mutter schuld an Christinas Tod ist, weil sie ihre Ausrüstung manipuliert hat?!«

An Antonia hatte ich, seit ihre Mutter als dringende Tatverdächtige ins Spiel gekommen war, kaum mehr gedacht. Doch meine Gefühle ihr gegenüber hatten sich verändert. Fast tat sie mir ein bisschen leid. Ich dachte an das junge Mädchen, das Sven so sehr liebte, dass sie alles für ihn tun würde, und deren Mutter, die – aus welchen Gründen auch immer – zur Mörderin geworden war ... Was für eine furchtbare Tragödie für alle Beteiligten!

18

Sie streichelte ihn sanft und freundlich, und ging dann stillweinend wieder fort, sodass er im Erwachen oftmals nicht recht wusste, wovon seine Wangen so nass waren; kam es von ihren oder bloß von seinen Tränen?

Ich kann das alles immer noch nicht glauben«, sagte Wienke und schüttelte den Kopf. Ihre blauen Augen strahlten nicht so hell wie sonst.

Natürlich waren Antonia, ihre Mutter und der Brand bei meinen Großeltern Gesprächsthema Nummer eins, als sich die Clique an diesem Freitagabend im Twisters traf. Die Nachricht von der Verhaftung von Antonias Mutter hatte sich wie ein Lauffeuer auf der Insel herumgesprochen und die örtliche Pressemeute hatte sich sofort auf diese Sensations-Story gestürzt. Mittlerweile hatte Annabell Peters ein lückenloses Geständnis abgelegt und dies im Beisein ihres Anwalts und eines Psychiaters unterschrieben.

Da nun keine Gefahr mehr für mich drohte, hatte ich meine Eltern gebeten, mich erst Mitte der folgenden Woche abzuholen. Ich wollte gern noch ein paar Tage mit meinen neu gewonnen Freunden auf Sylt verbringen, ehe ich wieder in meinen gewohnten Berliner Alltag zurückkehren würde. Außerdem musste ich mich noch für eventuelle Rückfragen der Polizei zur Verfügung halten.

»Und das alles nur wegen eines Mannes«, sagte Okke seufzend. »Furchtbar, was eine unerwiderte Liebe anrichten kann«, sagte er und schielte dabei zu Wienke, die prompt errötete. »Ich kann ja verstehen, dass man sich gedemütigt und zurückgewiesen fühlt, wenn derjenige, den man liebt und mit dem man eine Beziehung zu haben glaubt, plötzlich eine andere heiratet. Vielleicht auch, dass man Rachegedanken hat. Aber dass man dessen Tochter umbringt? Wie durchgeknallt muss man bitte schön sein, um so etwas zu tun?«

»Du vergisst Annabells Fehlgeburt«, warf Sven ein, den ich heute zum ersten Mal seit unserem Ausflug zum Meeresleuchten wiedersah. »Christinas Vater hat Annabell wegen der Schwangerschaft offenbar so unter Druck gesetzt, dass sie ihr Kind im vierten Monat verloren hat. Natürlich ist auch das kein Grund, so durchzudrehen. Aber ich kann schon verstehen, dass eine Frau psychisch krank wird, wenn ihr so übel mitgespielt wird. Ganz ehrlich, ich hätte Tom nie zugetraut, so kalt und gefühllos zu sein.«

Inzwischen hatte sich Annabells wahres Mordmotiv herauskristallisiert und alles war noch viel vertrackter, als ich mir zunächst zusammengereimt hatte:

Tom war der Vater der verstorbenen Christina Hendrik. Er und Antonias Mutter waren vor vielen Jahren ein Paar gewesen. Für sie musste es die große Liebe gewesen sein und entsprechend glücklich war sie, als sie schwanger wurde. Doch dann eröffnete Tom ihr, dass er nicht sie, sondern eine andere heiraten wolle, Hellen, Christinas Mutter. Als Tochter eines Juweliers aus Kampen war sie eine standesgemäßere Partie als Annabell, die zwar bildhübsch war, aber aus einfachen Verhältnissen stammte. Als Tom und Hellen heirateten und einige Monate später dann Christina zur Welt kam, hatten die beiden in Annabells Augen all das, was sie sich für ihr eigenes Leben erträumt hatte. Und in ihrer Verzweiflung begann sie, ihre ganze Enttäuschung, die sich allmählich in Hass verwandelte, auf Toms und Hellens Tochter zu projizieren. Die strahlende, schöne Christina, die hochbegabte Sportlerin, die alles verkörperte, was sich Annabell für ihre eigene Tochter wünschte. Zunächst für die, die aufgrund von Toms Schuld nie das Licht der Welt erblickt hatte, dann für Antonia, die sie mit dem Mann bekam, den sie schließlich heiratete. Als Christina später dann auch noch Svens große Liebe wurde, eine Rolle, die Annabell eigentlich Antonia zugedacht hatte, war dies der Funken, der den emotionalen Sprengsatz zündete.

»Annabell hätte Jörn nie heiraten sollen, denn er war nur ein Lückenbüßer. Ich würde nie jemanden heiraten, den ich nicht liebe, nur weil mich die Angebetete verschmäht hat.« Okke war bei dem Thema Liebe regelrecht ins Philosophieren geraten.

»Du vergisst, dass Jörn damals schon ein erfolgreicher Gastronom und Annabell schon immer wild darauf war, reich zu heiraten. Durch ihn hat sie endlich den gesellschaftlichen Aufstieg geschafft«, wandte Sven mit rauer Stimme ein. Er war weiß wie die Wand, hatte dunkle

Augenringe und sah aus, als könnte er jeden Moment zusammenklappen, sosehr nahm ihn das Ganze mit. »Wenn es um finanzielle Interessen geht, tut man sich hier auf Sylt gern zusammen. Du weißt doch, Okke, wie versessen meine Eltern darauf waren, dass aus Antonia und mir ein Paar wird. Antonia passt tausendmal besser in ihr Konzept als eine Frau wie Christina, die mich in meinem Traum bestärkt hat und bereit war, mit mir auszuwandern.«

Gerührt beobachtete ich, wie Piet den Arm um Svens Schulter legte. »In diesem Punkt kann ich deinen Eltern nur zustimmen. Ich finde auch, dass du und Antonia gut zueinanderpasst«, sagte er zu meiner großen Überraschung. »Aber nicht, weil es für die beiden Unternehmen eurer Eltern von Vorteil ist, sondern, weil sie dich von ganzem Herzen und bedingungslos liebt. Bestimmt würde sie auch mit dir nach Brasilien oder Hawaii gehen. Und wer weiß, vielleicht gestehst du dir auch endlich ein, dass du sie magst.«

Ich rutschte unruhig auf meinem Stuhl herum. Es gefiel mir gar nicht, unvermittelt Zeugin eines so persönlichen Gesprächs zu werden.

Auch Wienke schien den Dialog gebannt zu verfolgen.

»Tja, wenn das so einfach wäre ...«, murmelte Sven mit gesenktem Kopf. Tränen liefen seine gebräunten Wangen hinunter, während er mit dem Anhänger seiner Kette spielte.

Koru, das Symbol für einen Neuanfang.

Würde es Sven schaffen, endlich die grausame Vergangenheit hinter sich zu lassen und in der Gegenwart anzukommen, nachdem ihm die schwere Last der vermeintlichen Schuld von den Schultern genommen worden war?

Ich wünschte es ihm wirklich sehr. Sven war nicht schuld daran, dass sich die Leinen der beiden Kites beim Wettkampf so unglücklich verheddert hatten. Und dass er zuvor beschlossen hatte, sich von seinem Segel abzutrennen, war folgerichtig und lebensrettend gewesen, kein fahrlässiger Fehler. Das hatten seine Freunde an diesem Abend immer wieder betont, während sie diesen Unfall wohl zum hundertsten Mal durchgekaut hatten. Hätte Annabell nicht in einem unbeaufsichtigten Moment im Mannschaftszelt der Kitesurfer Christinas Safety-Leash manipuliert, wäre diese heute noch am Leben, so viel stand fest.

»Wie geht es Antonia denn jetzt?«, fragte ich mit zitternder Stimme, noch immer aufgewühlt von den Ereignissen der letzten Tage. Der Gedanke, dass ich nur aufgrund meiner Ähnlichkeit mit Christina ins Visier der verrückten Annabell geraten war, jagte mir noch immer einen kalten Schauer über den Rücken.

Zum ersten Mal, seit wir im Twisters saßen, richtete Sven den Blick direkt auf mich. Seine Augen waren gerötet und seine blonden Haare verstrubbelt, aber er war noch immer der attraktive Dreamboy Sven, in den ich mich nach meiner Ankunft auf Sylt ein wenig verknallt hatte. Doch ich hatte ihn auch von seiner anderen dunklen Seite kennengelernt. Als gebrochenen Menschen, der seiner verlorenen Liebe nachtrauerte und wohl einen Moment lang geglaubt hatte, sie in mir wiederzufinden.

Ob wir jemals darüber würden reden können?

»Nicht gut«, antwortete Konstantin, der sich bislang bedeckt gehalten hatte. Wie immer schielte er mit einem Auge auf die Windfinder-App, um ja nicht den geeigneten Moment zum Kiten zu verpassen. Von allen Cliquenmitgliedern war er mit Abstand am ehrgeizigsten und derjenige, dem ich im Laufe dieser Wochen am wenigsten nahegekommen war. »Ich war vorhin noch bei ihr, aber sie wollte nicht mit mir reden. Ihr Vater sagte, dass sie zu ihrer Tante nach München fahren will, um dem ganzen Rummel hier zu entgehen.«

»Du warst bei Antonia?«, fragte Sven überrascht.

»Ja, weil ich dachte, dass sie jetzt allen Zuspruch braucht, den sie kriegen kann«, antwortete Konstantin. Nanu? Verbarg sich in diesem Surferkraftpaket am Ende doch noch ein weiches Herz?! »Versuch doch mal, dich in ihre Lage zu versetzen: Alle sehen in ihr zurzeit nur die Tochter einer durchgeknallten Alten. Einer Mörderin, die die Konkurrentin ihrer Tochter kaltblütig aus dem Weg geräumt hat. Was glaubst du, wie die Presse ihr gerade zusetzt? Und wie sie sich jetzt fühlt? Sie muss versuchen, damit klarzukommen, dass sie die Tochter einer Psychopathin und Mörderin ist, die vermutlich den Rest ihres Lebens in einer psychiatrischen Anstalt verbringen wird. Ich möchte nicht in Antonias Haut stecken!«

»Und genau deshalb werden wir auch so schnell wie möglich hier abhauen«, sagte Sven. »Sobald sich die Dinge hier einigermaßen beruhigt haben, packen wir unsere Sachen und düsen ab. Ich weiß, dass das jetzt ein bisschen abgedreht auf euch wirkt, aber ich hab das Gefühl, dass Antonia und ich jetzt zusammenhalten müssen.«

»Klingt nach einem guten Plan«, sagte Piet. »Wisst ihr schon, wo ihr hinwollt?«

»Zuerst nach Tarifa und dann mal sehen. Vielleicht Marokko, vielleicht auch zur Turtle Bay auf Maui. Im Moment ist es uns egal, wo es hingeht. Hauptsache, weit weg von hier.« Sven und Antonia wollten also zusammen abhauen ... Eine solche Reise würde sie doch garantiert wieder zusammenbringen ...

Ich spürte Piets Blick auf mir ruhen, was mir unangenehm war. Piet sollte nicht wissen, dass ein klein wenig Enttäuschung an mir nagte. Hatte ich doch zu Anfang meiner Ferien geglaubt, zusammen mit Sven den Sommer meines Lebens haben zu können ... Aber wie hätte ich auch ahnen sollen, was sich hinter den schönen und glamourösen Fassaden der Insel und ihrer Bewohner verbarg und dass nicht alles Gold war, das so verführerisch glänzte.

»Hat einer von euch Hunger?«, durchbrach Okke das Schweigen, das sich mit einem Mal über das Twisters gelegt hatte. Außer uns waren keine anderen Gäste da, weil Okke das Schild »Geschlossene Gesellschaft« an die Tür gehängt hatte.

Beim Gedanken an den Cajun-Burger und die Süßkartoffel-Pommes-frites lief mir sofort das Wasser im Munde zusammen. Nachdem ich in den vergangenen Tagen kaum einen Bissen heruntergebracht hatte, verspürte ich mit einem Mal Heißhunger. Doch es schien nicht nur mir so zu gehen. Plötzlich kam Leben in die

Runde. Wienke, Konstantin, Sven und Piet, alle studierten eifrig die Speisekarte, auch wenn sie sie eigentlich hätten auswendig kennen müssen. Nur eine fehlte, Antonia.

Was sie wohl gerade machte?

Obwohl sie von Anfang an feindselig mir gegenüber gewesen war, kam ich nicht umhin, Mitgefühl für sie zu empfinden. Eine derart verrückte Mutter zu haben, musste schrecklich für sie sein. Zum Glück lenkte mich das Essen ein wenig von meinem Gefühlswirrwarr ab. Dass Piet mich immer wieder mit einer Mischung aus Besorgnis und etwas anschaute, was ich nicht so recht deuten konnte, machte es mir auch nicht leichter.

Wenn ich es nicht für vollkommen unmöglich gehalten hätte, hätte ich auf die Idee kommen können, er interessierte sich für mich.

»Lasst uns auf die Zukunft trinken und darauf, dass alle Wunden mit der Zeit heilen«, sagte Piet, als wir zu Ende gegessen hatten, und hob sein Glas. Konstantin reagierte als Erster und überraschte mich erneut. »Das hast du schön gesagt, Kumpel. Auf das Leben. Und aufs Kiten. Aber vor allem auf Christina. Ich wünsche dir, dass du da oben im Himmel nur perfekte Wellen und geile Sessions hast!«

Nun konnte ich nicht mehr an mich halten. Wienke, die neben mir saß, nahm mich in den Arm und gab mir ein Taschentuch. Diese liebevolle Geste rührte mich so sehr, dass die Tränen erst recht rollten. Und seltsamerweise war es mir kein bisschen peinlich. Obwohl ich die Clique noch gar nicht lange kannte, fühlte ich mich irgendwie schon als Teil von ihr. Sie alle hatte ich ins Herz geschlossen: den fürsorglichen, lustigen Okke. Die zauberhafte, warmherzige Wienke. Piet, der mir das Leben gerettet hatte. Sven, in den ich ein bisschen verknallt gewesen war. Selbst Konstantin hatte heute eine andere, liebenswerte Seite von sich gezeigt. Kein Wunder, dass sie schon so viele Jahre miteinander befreundet waren. Ich würde sie schrecklich vermissen, wenn ich wieder in Berlin war.

Aber am allermeisten Piet. Wie mir in diesem Moment klar geworden war.

19

Da scholl Undinens anmutige Stimme durch das Getöse hin, der Mond trat aus den Wolken, und mit ihm ward Undine auf den Höhen des Talgrunds sichtbar. Sie schalt, sie drohte in die Fluten hinab, die drohende Turmeswoge verschwand murrend und murmelnd, leise rannen die Wasser im Mondglanze dahin, und wie eine weiße Taube sah man Undinen von der Höhe hinabtauchen ...

Mittwoch, mein letzter Tag auf Sylt. Morgen ging es nach Berlin zurück. Ein wenig melancholisch gestimmt, schlug ich die Bettdecke beiseite. Es war halb sechs Uhr morgens und ich hatte beschlossen, früh aufzustehen, um möglichst viel vom Tag zu haben. Vor allem wollte ich so viel Zeit wie möglich mit meinen Großeltern verbringen. Die beiden waren mir im Laufe dieser Wochen noch mehr ans Herz gewachsen. Oma war bestimmt schon wach, weil sie ihre geliebten Hühner füttern und die beiden Kühe melken musste, die bei den Nachbarn untergebracht waren. Sobald der neue Stall fertig war, würden sie nach Hause zurückkehren können.

»Wenn ich dich so anschaue, muss ich an deinen ersten Tag hier bei uns denken«, sagte Oma, als ich mit meinem Frotteeschlafanzug und den Plüschpantoffeln mit dem Frosch darauf in die Küche kam. »Du siehst noch so jung aus in diesem Aufzug.«

Ich rief mir meinen ersten Tag auf Sylt in Erinnerung; er schien Lichtjahre zurückzuliegen. Und ich hätte nicht im Traum daran gedacht, dass diese Sommerferien die aufregendsten, aber auch aufwühlendsten meines Lebens werden würden.

»Steht irgendetwas Spannendes drin?«, fragte ich und schaute Oma über die Schulter, die am Frühstückstisch Zeitung las. Eine Schlagzeile sprang mir ins Auge: *Sylter High-Society-Lady aufgrund einer schweren psychischen Störung für unzurechnungsfähig erklärt.* Darunter war ein Foto von Annabell Peters, das sie bei einer Party auf der Whisky-Meile in Kampen zeigte. »Oje, dann ist es jetzt also amtlich«, murmelte ich. »Wie furchtbar für Antonia und ihren Vater.«

»Das ist es allerdings, aber auch für Annabell selbst«, meinte Oma. »Wirklich schlimm, was verletzte Gefühle anrichten können.« Oma seufzte. »Du musst wissen, Annabell Peters hatte es in ihrem Leben nicht leicht. Ihr Vater war ein Trinker und hat das bisschen Geld, das ihre Mutter mit dem Putzen von Ferienwohnungen verdiente, für Schnaps ausgegeben. Von klein auf hat Annabell von einem besseren Leben geträumt. Als sie Tom Hendrik kennenlernte, glaubte sie, dass ihr sehnlichster Wunsch endlich in Erfüllung gehen würde, doch dann kam alles anders. Er entschied sich für eine andere und sie verlor ihr Baby.« Oma schüttelte fassungslos den Kopf. »Gewiss, was Annabell getan hat, ist furchtbar, aber ich habe dennoch Mitgefühl mit ihr.«

»Das klingt beinahe so, als würdest du sie kennen«, sagte ich, ebenfalls berührt von dieser traurigen Geschichte. Ich dachte daran, wie sehr mein Liebeskummer wegen Ben mich Anfang des Jahres aus der Bahn geworfen hatte, obwohl gar nichts Dramatisches passiert war. Wie musste man sich erst fühlen, wenn die große Liebe jäh zerbrach und ein großer Traum wie eine Seifenblase zerplatzte?

»Ich habe Annabell damals entbunden.« Oma sagte das in einem Tonfall, als sei es das Selbstverständlichste auf der Welt. »Als Hebamme war ich oft auch in sozial benachteiligten Familien. So kommt es, dass ich Annabell von klein auf gekannt habe. Ich kann mich noch gut an den karottenroten Schopf erinnern, als sie auf die Welt kam.«

Karottenrot? Auf den Fotos hatte Annabell Peters immer hellblonde Haare, weshalb ich sie auch nie mit Antonia in Verbindung gebracht hatte.

»Hattet ihr denn später noch Kontakt?«

Oma schüttelte den Kopf. »Nein. Aber ich habe es natürlich mitbekommen, als sie Jörn geheiratet hat. Damals habe ich mich sehr für sie gefreut. Als erfolgreicher Gastronom hat Jörn ihr genau das gesellschaftliche Ansehen und die finanzielle Sicherheit bieten können, nach der sich Annabell so gesehnt hat. Als Antonia geboren wurde und Annabell es geschafft hatte, sich einen Platz in der Sylter High Society zu erobern, war ihr Traum endlich in Erfüllung gegangen. Zumindest sah es nach außen hin so aus. Doch offenbar war alles nur schöner Schein. In der Zeitung steht, dass sie schon seit Jahren tablettensüchtig ist. Ich hoffe wirklich sehr, dass sie jetzt in gute Hände kommt und vielleicht sogar geheilt werden kann.«

Und ich hoffte, dass Antonia irgendwann über diese Tragödie hinwegkommen würde.

»Nanu? Wer kann das sein?«, fragte Oma, als es plötzlich an der Tür klingelte. »Wer ist denn schon so früh morgens unterwegs?« Die Antwort auf ihre Frage lautete: Sven.

Oma öffnete den oberen Teil der Klönschnacktür. Als ich sah, wer draußen stand, duckte ich mich schnell. In diesem kindischen Aufzug konnte ich niemandem außer meinen Großeltern unter die Augen kommen.

»Bitte entschuldigen Sie die frühe Störung«, sagte Sven. »Aber ich habe beim Vorbeifahren gesehen, dass Licht bei Ihnen brennt. Ist Tinka auch schon wach? Und könnte ich sie kurz sprechen?« Oma drehte sich zu mir um. Ich war inzwischen auf allen vieren zur Treppe gekrochen und gab ihr ein Zeichen, dass ich rasch nach oben gehen wollte, um mich anzuziehen.

»Tinka ist schon wach, jedoch noch nicht ganz ... fertig«, antwortete Oma. »Aber kommen Sie ruhig herein und trinken eine Tasse Tee«, hörte ich Oma sagen, während ich die Treppe hinaufhuschte. »Ich gebe ihr Bescheid, dass Sie unten warten.«

Nach einer Katzenwäsche schlüpfte ich in Windeseile in Jeans und ein T-Shirt. Was Sven wohl von mir wollte?

»Hi Sven, das ist ja eine Überraschung«, sagte ich, als ich wieder nach unten in die Küche kam. Zum ersten

Mal konnte ich Sven gegenübertreten, ohne dass ich Herzklopfen bekam.

»Hast du Lust auf einen kleinen Spaziergang durchs Dorf?«, fragte Sven. Bei der Vorstellung, wie der attraktive, gut gekleidete Sonnyboy aus Kampen in aller Frühe durchs ländliche Morsum spazierte, musste ich innerlich schmunzeln.

»Klar, gern«, sagte ich und schnappte mir die Jeansjacke von der Garderobe.

Draußen duftete es nach Kuhmist, leichtem Frühnebel und Himbeeren.

»Ich wollte gern noch mal mit dir alleine sprechen, bevor du morgen wieder zurück nach Berlin fährst«, begann Sven, während wir Seite an Seite Richtung Ortsausgangsschild gingen. »Und dir sagen, wie leid es mir tut, dass du in diese schreckliche Sache verwickelt wurdest. Und das nur, weil ich mich so offensichtlich für dich interessiert habe. Ich bin gottfroh, dass Piet an besagtem Abend vorbeigekommen ist und so schnell reagiert hat. Nicht auszudenken, was alles hätte passieren können.«

»Stimmt, aber mach dir deswegen keine Vorwürfe, das konntest du ja auch nicht ahnen.« Ich schaute auf die vor uns liegenden weiten Felder, die am Horizont in den Himmel übergingen, und die Saatkrähen, die auf den Ackerfurchen herumstaksten. Ein Hauch von Spätsommer lag in der Luft. »Jedenfalls freue ich mich, dass du vorbeigekommen bist. Das zeigt mir, dass ich dir nicht vollkommen egal bin, auch wenn aus uns nichts geworden ist ...«

Sven blieb abrupt stehen, fasste mich an den Schultern und drehte mich zu sich um, sodass ich in seine klaren blauen Augen schauen musste. »Ich möchte, dass du eines weißt, Tinka. Du bist ein tolles, bezauberndes Mädchen. Und der, der dich zur Freundin kriegt, kann sich glücklich schätzen. Eine kurze Zeit lang habe ich geglaubt, dieser sein zu können. Doch dann wurde mir klar, dass sich die Dinge ungut vermischten: deine große Ähnlichkeit mit Christina, meine schmerzhafte Erinnerung an sie. Antonias grenzenlose Eifersucht auf dich ... das alles wären keine gute Voraussetzungen für uns gewesen, sosehr ich es mir vielleicht auch gewünscht habe.«

Ein wenig taten Svens Worte weh, zugleich aber auch gut. Dann hatte ich es mir also tatsächlich nicht eingebildet, er hatte meine anfänglichen Gefühle erwidert.

»Schön, dass du das sagst und so ehrlich mit mir bist. Das bedeutet mir sehr viel.« Einer spontanen Eingebung folgend, holte ich mein Portemonnaie aus der Jackentasche und kramte darin. »Hier, die Münze ist für dich. Für deinen Neuanfang. Ich wünsche dir von Herzen alles Gute.«

Es war die Münze mit dem Glücksklee, die der Schornsteinfeger mir geschenkt hatte, als wir am K4 gewesen waren. Sven strahlte und nahm mich in den Arm.

»Danke, Tinka. Du ahnst gar nicht, was mir das bedeutet. Ich werde dich bestimmt nie vergessen. Und ich hoffe, dass wir uns irgendwann mal wiedersehen.«

»Das werden wir, ganz bestimmt.« Wir waren mittlerweile wieder vor dem Haus meiner Großeltern angekommen. »Jetzt, wo ich auf den Geschmack gekommen bin, werde ich Sylt garantiert häufiger einen Besuch abstatten.«

Während Sven in seinem Cabrio davonfuhr, winkte ich ihm noch eine Weile nach. Ja, ich würde ihn wiedersehen, ihn und all die anderen, die mir ans Herz gewachsen waren. Und dazu zählte auch Piet, mit dem ich für heute Abend verabredet war.

20

Wir, und unsresgleichen in den andern Elementen, wir verstieben und vergehn mit Geist und Leib, dass keine Spur von uns rückbleibt, und wenn ihr andern dermaleinst zu einem reinen Leben erwacht, sind wir geblieben, wo Sand und Junk' und Wind und Welle blieb.

Das war eine wirklich tolle Idee«, sagte ich, während ich den Blick über den Königshafen schweifen ließ. »Dieser Ort ist einer der schönsten der Insel.«

»Ja, das finde ich auch.« Piet breitete eine Decke auf dem sonnenwarmen Sand aus. Dann steckte er rechts und links Fackeln in den Boden, neugierig beäugt von einer Handvoll Schafe, die sich von ihrer Herde abgesondert hatten und uns einen Besuch abstatteten. »Und mit dem Wetter haben wir auch Glück. Finde ich echt klasse, dass du noch Zeit für mich hast, bevor du morgen wieder nach Hause fährst. Freust du dich denn schon auf Berlin?«

Gute Frage, dachte ich. Mein Blick blieb an dem Reetdachhaus neben dem Leuchtturm uns gegenüber hängen. Besonders hier und in diesem Moment fiel es mir schwer, mich an den Gedanken zu gewöhnen, wieder in die Großstadt zurückzukehren, in der es von Menschen wimmelte und Hektik herrschte. Außerdem wusste ich nicht, wie der aktuelle Stand der Dinge bei meinen Eltern war, außer dass sie mich morgen gemeinsam abholen würden.

»Ehrlich gesagt, kann ich es mir im Moment überhaupt nicht vorstellen«, antwortete ich. »Ich finde es wunderschön auf Sylt und ihr werdet mir alle fehlen. Aber Wienke hat mir schon versprochen, dass sie mich mal in Berlin besuchen wird.«

»Und wann wirst du das nächste Mal nach Sylt kommen? Oder hast du erst einmal die Nase voll von der Insel, nach allem, was passiert ist?«

Sollte ich Piet davon erzählen, dass ich mich in Larissas Buchhandlung in Keitum um einen Praktikumsplatz bewerben wollte? Diese Idee war mir an diesem Nachmittag gekommen, als ich wieder in meinem Meerjungfrauen-Buch gelesen hatte. Ich hatte mich in dem Augenblick, als ich durch die Tür des Büchernests getreten war, in dieses schnuckelige Buchcafé verliebt. Oma und Opa fanden die Idee natürlich super und waren felsenfest überzeugt, dass Larissa und Bea mich mit Handkuss nehmen würden. Nun musste nur noch die Schule erlauben, dass ich das Praktikum außerhalb Berlins absolvierte.

»Es könnte sein, dass ich ab jetzt häufiger hier aufschlage«, sagte ich und lächelte vielsagend.

»Und ich in Berlin«, meinte Piet, was mich ein bisschen aus der Fassung brachte. »Ich werde nach dem Saisonende für einige Monate in einer Lomi-Lomi-Massage-Praxis in der Nähe der Oranienburger Straße arbeiten. Die Praxis gehört einer Freundin, die für eine Weile nach Hawaii will und froh ist, dass ich sie vertrete. Und ihr Zimmer in ihrer WG kann ich auch gleich übernehmen.«

Ich spürte, wie sich ein wohlig warmes Gefühl in meinem Bauch ausbreitete. Piet gegenüber brachte ich aber nur ein »Oh, das ist ja toll!« zustande.

»Hm, das klingt ja nicht gerade begeistert.« Zu meinem Erstaunen wirkte Piet enttäuscht. »Keine Sorge, Tinka. Ich habe nicht vor, dir in Berlin auf die Pelle zu rücken. Ich wollte einfach nur, dass du weißt, wohin es mich bald verschlägt.«

»Aber genau das hat mir eben die Sprache verschlagen«, murmelte ich und dachte, ich hätte jetzt nichts dagegen, wenn Piet mich küssen würde. Ich dachte an unseren schönen Abend am Möwennest und daran, wie gut wir uns verstanden hatten. Piet hatte so eine warmherzige, zärtliche Ausstrahlung. Und er hatte mir das Leben gerettet.

»Hast du Lust, eine Runde ins Wasser zu gehen?«, fragte Piet. Ich überlegte. Sobald ich an Schwimmen dachte, wurde die Erinnerung an die Welle wieder wach, die mich beim Unterricht mit Sven in die Tiefe gerissen hatte. Doch andererseits wollte ich mir von diesem einen Erlebnis nicht für immer und ewig die Lust am Badengehen verderben lassen. Und Ängste besiegte man am besten, indem man sich ihnen stellte.

»Gute Idee!«, sagte ich nach kurzem Zögern und streifte mein dunkelblaues T-Shirt-Kleid ab. Während ich es auszog, ertappte ich Piet dabei, wie er den Blick anerkennend über meinen Körper wandern ließ. Ehe ich es mir anders überlegte, rannte ich zum Wassersaum und stürzte mich in die Fluten. Das Meer hatte sich während dieses ungewöhnlich heißen Sommers noch mehr aufgewärmt. Umso mehr machte es Spaß, im Wasser herumzutollen. Kurze Zeit später war Piet neben mir, was mir ein beruhigendes Gefühl von Sicherheit gab. Jetzt konnte mir nichts mehr passieren.

Allmählich begann der Himmel, sich rötlich zu färben, ein wunderschöner Sonnenuntergang stand bevor. Plötzlich erblickte ich in der Ferne eine Gestalt, die mir zuwinkte.

Ich erstarrte und fühlte mich sofort an mein Erlebnis mit Sven am K4 erinnert. Und an die Schuldgefühle, die mich später überkamen, weil ich geglaubt hatte, einem Menschen in Not meine Hilfe verweigert zu haben. Aber war diese Gestalt Realität oder erneut ein Produkt meiner Fantasie? Oder lag es wieder einmal daran, dass ich meine Brille nicht trug?

»Piet, siehst du das auch? Diese winkende Frau?« Ich deutete zu der Gestalt in der Ferne, die in gewissen Abständen immer wieder zwischen den Wellen emporschoss.

Piet schaute in die Richtung, in die ich deutete. »Nein, tue ich nicht«, murmelte er und ich bekam augenblicklich Gänsehaut. Wie versteinert schaute ich auf das Wesen, das mir zuwinkte, sich dann umdrehte und in den Fluten verschwand, ohne wieder aufzutauchen. Jetzt wollte ich nur noch eins: raus aus dem Wasser!

»Das war total unheimlich«, sagte ich zu Piet, als wir wieder an Land waren, und legte mir ein großes Badehandtuch um die Schultern, weil ich mit den Zähnen klapperte. »Diese Gestalt sah aus wie Christina und hat mir zugewinkt. Ich schwör's dir.«

Piets Stirn legte sich in Falten. »Mal abgesehen davon, dass ich dir dringend rate, von jetzt ab deine Brille zu tragen ... Vielleicht wollte sich Christina von dir verabschieden. Ich hoffe sehr, dass sie jetzt, wo wir wissen, wer für ihren Tod verantwortlich ist, endlich ihren Frieden findet.«

Das Klappern meiner Zähne verstärkte sich und ich zitterte am ganzen Körper. An sich wehrte sich alles in mir, so einem Spuk auf den Leim zu gehen.

Gab es am Ende etwa doch mehr Dinge zwischen Himmel und Erde, als wir uns vorstellen konnten? Ich dachte an die Sylter Spukgeschichten, die Oma mir zu Beginn der Ferien erzählt hatte. An die Leidenschaft, von der manche ihrer Helden durchdrungen und beseelt waren. Vielleicht versetzten solch starke Gefühle wirklich Berge oder überdauerten Jahrhunderte?!

»Oh mein Gott, du zitterst ja wie Espenlaub«, sagte Piet mit besorgtem Blick. »Hast du was dagegen, wenn ich dich kurz in den Arm nehme?«

Was dagegen? Kurz?

Jede Faser meines Körpers schrie danach, endlich von Piet in die Arme gezogen und gehalten zu werden. In seiner Nähe zu sein, wo ich mich geborgen und sicher fühlen konnte. Ich nickte nur und ließ mich an seine breite Brust sinken, die zwar muskulös, aber gleichzeitig auch warm und weich war. Seufzend schloss ich die Augen und genoss diesen kostbaren Moment.

Als Piets warme Lippen vorsichtig und zart meine berührten, war es komplett um mich geschehen. Seine Lippen umkosten vorsichtig und zugleich verlockend meine, ohne zu fordernd oder aufdringlich zu sein. Anders als bei Sven überlegte ich gar nicht erst, ob dies ein guter Kuss war, ich genoss es einfach. Und begann, Piets Kuss zu erwidern.

»Wow, das war toll«, sagte Piet, als wir beide irgendwann innehielten, um Luft zu holen. »Und sehr viel mehr, als ich zu hoffen gewagt habe.«

»Geht mir ganz genauso«, murmelte ich und umschlang ihn, so fest ich konnte. Ich wünschte, dieser Augenblick würde nie vergehen. »Oder findest du mich jetzt doof?«

Piet nahm mein Gesicht in seine Hände und küsste meine geschlossenen Augenlider. »Nein, ganz im Gegenteil. Ich hätte niemals gedacht, dass es überhaupt so weit kommen würde. Schließlich ist mir nicht entgangen, wie sehr du dich in Sven verguckt hattest.«

»Aber das ist aus und vorbei. Total vorbei. Ich bin da einem ... Trugbild aufgesessen.«

»Ich weiß. Und ich verstehe dich gut. Sven ist ja auch genau der Typ Mann, auf den ihr Mädels fliegt wie die Bienen auf den Honig. Da kann ich leider nicht mithalten.« Die letzten Worte wurden von einem charmanten Grinsen begleitet. Piet war sich durchaus seiner Wirkung bewusst. Und mir waren die Blicke der Mädels nicht entgangen, egal, wo ich mit ihm auftauchte. Sie schmachteten ihn genauso an wie Sven. »Aber jetzt mal was ganz anderes. Fühlst du dich einer Nachricht von Antonia gewachsen?«

Von Antonia?

Ich löste mich ruckartig aus Piets Umarmung. Er bückte sich, zog einen Brief aus seinem Rucksack und reichte ihn mir. »Den hat sie mir heute Nachmittag gegeben, als ich sie kurz besucht habe, um ihr Tschüss zu sagen.«

Mir stand zwar momentan gar nicht der Sinn danach, mich mit Antonia auseinanderzusetzen. Aber andererseits wäre es vielleicht die Gelegenheit, auch dieses Kapitel abzuschließen, ehe ich morgen heimfuhr. Offenbar hatte sich nicht nur Christina verabschieden wollen ...

Liebe Tinka,

es fällt mir sehr schwer, dir diese Zeilen zu schreiben, weil ich keine Worte dafür finde, was meine Mutter dir und deinen Großeltern angetan hat. Du musst wissen, dass ich mich mitschuldig fühle, denn ich habe ihr von dir erzählt und davon, dass du Christina so unglaublich ähnlich siehst, und auch von meiner Eifersucht auf dich. Glaub mir, ich hätte das nie getan, hätte ich auch nur im Entferntesten geahnt, was sie tun würde: dass sie dich von dem Moment an, als sie dich zufällig auf dem Friedhof gesehen hatte, auf Schritt und Tritt wie ein Schatten verfolgen und dir auf jede nur erdenkliche Weise schaden würde. Ich mache mir große Vorwürfe, nicht früher auf die Zeichen geachtet und reagiert zu haben, die sie mir und meinem Vater unbewusst gab. Ihre Marotte, immer wieder auf diesen Friedhof zu gehen und Blumen auf ein nicht vorhandenes Grab zu legen. Ihre Stimmungsschwankungen, die vielen Tabletten, die sie angeblich

gegen Migräne nahm. Ihre nahezu krankhafte Besessen-
heit, mit der sie damals Christinas Karriere verfolgte,
genau wie alle Zeitungsartikel über die Familie Hendrik.
Wie sollst du mir je vergeben können, wenn ich es selbst
nicht kann? Glaub mir, wenn ich alles ungeschehen ma-
chen könnte, ich würde es tun.

Bitte verzeih mir.

Antonia

Ich konnte nicht verhindern, dass sich in meinem Hals
ein dicker Kloß bildete, und auch nicht, dass schon wieder Tränen meine Wangen hinunterkullerten.

»Was bin ich zurzeit nur für eine Heulboje!«, sagte ich
und faltete Antonias Brief zusammen. »Aber das ist momentan alles ein bisschen zu viel für mich. Ich weiß gar
nicht, wie ich in Berlin wieder in mein normales Leben
zurückkehren soll. Zum Beispiel zur Schule gehen und
für Klausuren lernen.« Piet zog mich erneut in seine Arme und küsste meine Tränen weg.

»Du musst dich nicht entschuldigen, Tinka. Ich weiß
doch, unter welch großer Anspannung du stehst. Und
dass du weinst, nachdem du diesen Brief gelesen hast,
obwohl du Antonia nicht besonders leiden konntest, ist
doch nur ein Zeichen dafür, dass du ein großes Herz
hast. Und genau aus diesem Grund habe ich mich in
dich verliebt.«

»Du hast dich bitte was???!!!«

Es war für Piet also nicht nur ein Flirt?

»Sagen wir es mal so: Ich hatte die Wahl zwischen Hawaii und der Praxis in Berlin. Warum, glaubst du wohl,

habe ich mich für Berlin entschieden?« Ich konnte nicht anders, als Piet erneut um den Hals zu fallen und ihn zu küssen.

Als er mich am Ende dieses unglaublich schönen und romantischen Abends bei meinen Großeltern absetzte, blieben wir noch eine ganze Weile im Auto sitzen. Wir konnten uns einfach nicht voneinander lösen. Das einzig Tröstliche war, dass wir uns schon bald wiedersehen würden.

Irgendwann klopfte es an die Beifahrerscheibe und ich erschrak, bis ich erkannte, dass es Oma war, die neugierig zu uns hereinäugte. Schuldbewusst öffnete ich die Tür und stieg aus, auf ein Donnerwetter gefasst. »Tut mir leid, dass ich so spät bin«, sagte ich, doch Oma winkte ab. Sie hielt das Festnetztelefon in der Hand. »Deine Mama ist dran und würde gern wissen, ob du vielleicht doch noch ein bisschen länger bei uns bleiben möchtest. Dein Papa und sie würden nämlich auch gern auf Sylt Urlaub machen wollen, wenn es dir recht ist.«

Mein Herz tat einen Sprung. Und ob es mir recht war! Das war eine fantastische Neuigkeit. In zweifacher Hinsicht ...

»Und da ist noch jemand, die gern mitkommen würde, weil sie dich vermisst – deine Freundin Jule.« Den Freudenschrei, den ich ausstieß, konnte man garantiert bis ins Nachbardorf Archsum hören. Piet war mittlerweile ebenfalls ausgestiegen und hatte den Arm um mich gelegt, was Oma mit einem Schmunzeln quittierte.

»Was ist denn hier los?« Opas brummige Stimme hallte durch die Nacht. »Gibt's was zu feiern?«

»Ja, das gibt es«, antwortete ich. »Den Sommer meines Lebens.«

Danksagung

Wie immer gilt mein herzlichster Dank all jenen, die mir beim Schreiben dieses Buchs mit Rat und Tat zur Seite standen. In diesem Fall vor allem in puncto Kitesurfen, bislang nicht gerade mein Spezialgebiet ;-).

Allen voran **Lars Schmidt** von der Initiative Zukunft Sylt, der mich mit der zauberhaften **Mandy Forbert** bekanntgemacht hat. Mandy hat mich nicht nur in die einschlägigen Surferkreise Sylts eingeführt, sondern mir auch viele wertvolle Tipps gegeben und mich mit dem Aloha-Spirit verzaubert, den sie so wunderbar verkörpert. Schaut euch ihre tolle Mode- und Schmuckkollektion auf *www.sundaysurfsylt.de* an, ihr werdet euch garantiert verlieben!

Ein riesiges Dankeschön geht auch an den Fotografen und Surfer **Mirco Lieffertz** *(http://www.fotocommunity. de/fotograf/mirco-lieffertz/649946),* der mir zusammen mit Mandy bei wunderschönem Sommerwetter die tollsten Spots der Insel gezeigt und Fotos gemacht hat. Hugs and kisses for a real great day! Und fürs Probelesen des Prologs.

Ebenfalls ein großes Dankeschön an **Philipp »Pile« Brückmann,** der mir am Königshafen alles gezeigt hat, was ich übers Surfen und Kiten wissen musste. Und das, obwohl er immer hoffnungslos ausgebucht ist. Wollt ihr

Surfen oder Kiten lernen, bei ihm seid ihr in besten Händen *(http://www.kiteschule-sylt.de/)*.

Ferner gilt mein Dank:

Dirk Krüger für einen launigen Vormittag im Twisters *(http://www.twisters-sylt.de/index_1.html* sowie *www.alohafromsylt.de)*, das ihr unbedingt mal besuchen solltet, wenn ihr in Westerland seid. Ich freue mich schon jetzt auf den nächsten Cajun-Burger, Süßkartoffel-Pommes. Schön, dass Okke und Wienke aus dem Buch bei dir arbeiten durften ;-).

Linus Erdmann *(http://www.linuserdmann.de/news.html)*, dem deutschen Kitesurf-Meister 2014, der mir trotz seiner äußerst knapp bemessenen Zeit ein Interview im Hamburger Schanzenviertel gewährte. Danach wusste ich um die energiespendende Wirkung von Macadamianüssen und welch schwierigen Balanceakt ein Profisportler zwischen Schule und Training bewältigen muss. Und wie sehr man schon als junger Mensch für eine Sache brennen kann. Chapeau, lieber Linus – und alles Gute für deine weitere Karriere!

Meiner Freundin **Bettina** für die Tour zum Kitesurf World Cup in St. Peter-Ording an einem stürmischen Tag. Und ihrer Tochter **Lisa-Marie** für tolle Fotos. Es war superschön mit euch!

Malin Wegner vom Arena Verlag für ihre zündende Idee in Bezug auf Christina und das Brainstorming in Würzburg. Schön, dass wir nach der langen Pause mal wieder ein Jugendbuch zusammen machen! ... **Monika Köpfer** für die liebevolle redaktionelle Bearbeitung des Textes.

Julia Röhlig, Albrecht Oldenbourg und Wolfgang Steigner für ihr Vertrauen. Ich hoffe, Sylt rockt!

... und dem gesamten Arena-Team, das tatkräftig an diesem Buch mitgewirkt hat. Ich freue mich sehr, wieder bei euch an Bord zu sein!

Gisa Pauly und Beatrix Gurian für ihre Quotes. Klasse, wenn man so nette und hilfsbereite Kolleginnen wie euch hat!

Allen, die mir so begeistert auf Facebook und Instagram folgen. Wir sehen uns dort!

... und nicht zuletzt meinen Lesern und Fans ;-).